www.tredition.de

K.-D. Hieronymus

Na dann ... wachsam bleiben!

Kurzgeschichten

Illustrationen von YAXIN YANG

© 2019 K.-D. Hieronymus

Verlag und Druck: tredition GmbH, Hamburg

ISBN
Paperback: 978-3-7482-4386-1
Hardcover: 978-3-7482-4387-8
e-Book: 978-3-7482-4388-5

Inhaltsverzeichnis

P.F.

In einer überregionalen Tageszeitung wurde kürzlich über einen erstaunlichen Fall berichtet. Die Meldung titelte journalistisch geschickt: Pathologischer Eigensinn.
So eine Überschrift macht natürlich neugierig. In dem Artikel wurde über einen Mann berichtet, der sich selber als „Gerichteter" bezeichnete. Ein juristisch zweifelhafter Begriff.

Worum ging es?

Der Mann wollte sein kleines Grundstück auf dem Kirchhof der Gemeinde auf ganz ungewöhnliche Weise nutzen. Nach Ansicht des zuständigen Richters stellte das aber einen „einfältigen Angriff auf das Gemeinwohl und im Besonderen auf Trauer, Totengedenken und Besinnung" dar. Das sah der Mann ganz anders. Er gab sich mit dem Urteil nicht zufrieden und wollte der deutschen Rechtsprechung gründlich auf den Zahn fühlen indem er das nächst höhere Gericht anrief. Die Entscheidung dieser richterlichen Instanz stand zum Zeitpunkt der Berichterstattung noch aus, war zu lesen.

Der Vorfall ereignete sich in einem kleinen Dorf in Nordfriesland. Was die Geschichte so außergewöhnlich machte, dass selbst die überregionale Tagespresse davon Kenntnis nahm, war die Tatsache, dass der Mann das erworbene Nutzungsrecht für eine Grabstätte auf dem idyllisch gelegenen Friedhof der Gemeinde völlig zweckentfremdet und nach Ansicht des Gerichtes „frevelhaft" anwendete. - Er wollte auf eben dieser Grabstätte, in einem kleinen Einmannzelt, so eines wie die Bergsteiger es mit sich führen, einen Kurzurlaub verbringen.

Die Polizei sorgte für einen frühzeitigen Abbruch, was der Betroffene, der in dem Zeitungsbericht mit P. F. bezeichnet wurde, als ungerecht empfand.

Die Abkürzung P. F. sagte mir etwas, und ich wollte herausfinden, ob es sich tatsächlich um den P. F. handelte, den ich aus meiner Schulzeit kannte.

Der P. F., den ich kannte, hatte schon in der Oberstufe des Christian-Albrecht-Gymnasiums gezeigt, über welch kreatives Potenzial er verfügte. Allerdings blieb ihm die verdiente und von ihm mit bemerkenswerter Ausdauer angestrebte offizielle Anerkennung versagt.

Emotional viel zu engagiert, rhetorisch jedoch nicht ungeschickt, versuchte er vergeblich den Schulleiter, der Geschichte unterrichtete, davon zu überzeugen, dass das Auswendiglernen von Geschichtszahlen Zeitverschwendung und eine längst überholte, somit abzulehnende Lern- und Lehrmethode sei.

Als seine Überzeugungsversuche von der Gegenseite genau so hartnäckig abgelehnt wurden, wie von ihm vorgetragen, verlegte er seine zukunftsweisenden Reformideen auf die naturwissenschaftlichen Fächer, indem er ausführte, dass lateinische Pflanzennamen und chemische Formeln im Falle einer entsprechenden Profession in jeder Bibliothek nachzulesen seien und nicht das Gedächtnis eines Schülers jetzt schon belasten müssen. Der Gedanke des bedarfssynchronen Lernens überzeugte allerdings die Lehrer nicht.

P.F. - ein engagierter Pazifist - verbiss sich unglücklicherweise an dem Beispiel des Berufssoldaten, wobei er Soldatsein und Totgeschossenwerden als logische Kette einführte. Er argumentierte, dass es keinem Abiturienten, der dieses Gymnasium mit dem Ziel einer erfolgreichen militärischen Kariere verlässt, von Nutzen sei, wenn er den lateinischen Namen der Bedecktsamigen Pflanzen (Magnoliophyta oder Brennesselgewächs) im Schützengraben kennt, in dem ihn der Feind totschießt. Die Kollegen des Schulleiters blieben bei dieser Argumentation uneinsichtig, fanden die Auseinandersetzungen aber als erfrischende Abwechslung im gymnasialen Alltag und ließen P.F. bis zum Abitur mit zwei Ehrenrunden hinreichend Zeit nach besseren Argumenten zu suchen.

Seine Mutter begab sich nach jedem Sitzenbleiben weinend in die Obhut eines Nervenarztes. Sein Vater, ein katholischer Priester, nahm es als gottgegeben hin.

Somit erlangte P.F. schon vor Abschluss seiner Schulausbildung eine gewisse latente Berühmtheit, die er mit lässiger Bescheidenheit und überlegenem Lächeln genoss.

Stieg er in den Schulbus ein, sprangen die Sextaner - ihn anhimmelnd - auf und blickten sich stolz im Kreis ihrer Klassenkameraden um, wenn P.F. das Platzangebot wohlwollend annahm.

Wir Älteren, die wir im Unterricht Zeugen seiner aussichtslosen Gefechte gegen das Schulsystem gewesen waren, schauten eher mitleidig auf den Zurückgebliebenen. Möglich, dass auch bei dem einen oder anderen Neidgefühle über soviel individuelle Entfaltungskraft aufkamen.

Ich erinnere mich gut, dass zehn Jahre später die Japaner für ihr „Just in time" System weltweit gelobt wurden, welches besonders den Autoproduzenten zum Vorteil gereichte, weil sie ihre Lagerhallen auf die Straße verlegten. Der eigentliche Erfinder, der nie dafür gerühmt wurde, war aber P.F. mit der Idee des bedarfssynchronen Lernens.

P.F. hieß mit vollem Namen Peter Friedhofen und war tatsächlich in gerader Linie mit dem Peter Friedhofen verwandt, der 1850 die Kongregation der Barmherzigen Brüder von Maria Hilf gegründet hatte.

Der Name blieb mir auch deshalb gut im Gedächtnis, weil der berühmte Vorfahre Peter Friedhofen im Jahr 1985 von Papst Johannes Paul II. seliggesprochen wurde. Ich war mir sicher, dass die Nachfahren von P.F., falls es solche geben sollte, vergeblich auf die Nachricht warten würden, dass ihr Vorfahre in die Schar der Heiligen aufgenommen werden soll. Zuletzt wurde P.F. auf einem Schulfest der Ehemaligen gesehen. Nach seiner ausgedehnten Schulzeit hatte er ein Medizinstudium begonnen. Als er in der Pathologie zum ersten Mal einen T-Schnitt durchführen sollte, fand er das eklig, erbrach sein ausgiebig genossenes Mittagessen über den Leichnam und wechselte in die philosophische Fakultät. Dort sorgte er mit satirischen Beiträgen in den religionsphilosophischen Vorlesungen gleichermaßen für Belustigung und Unruhe. Nach zwei Semestern gefiel ihm auch das nicht mehr. Er versuchte es mit der Juristerei. Ein Semester lang unterhielt er Kommilitonen und Professoren mit spitzfindigen Fragen, dann entschloss er sich, gar nichts mehr zu werden und verließ die Universität als „Universalgelehrter ohne Abschluss" wie er stolz herumerzählte.

Seine Telefonnummer war leicht ausfindig zu machen und ich rief ihn an. Nein, erinnern könne er sich nicht an mich. Aber wenn ich wollte und genug Schnaps mitbrächte, würde es vielleicht klappen und wir könnten uns auch über die Friedhofsgeschichte unterhalten, obwohl sie ja noch gar nicht zu Ende sei.

Einen Tag später saßen wir zusammen und unterhielten uns über Gott und die Welt, wie man so sagt, um die spürbare Entfremdung nach so langer und biografisch unterschiedlich verlaufender Zeit zu überbrücken. Die von mir mitgebrachte Flasche Korn erleichterte die emotionale Bereitschaft die frühere Schülerfreundschaft wieder aufleben zu lassen.

P.F. machte seinem selbsternannten Status, Universalgelehrter ohne Abschluss' alle Ehre, indem er pausenlos über wissenschaftliche Probleme philosophierte, die es gar nicht gab, die aber nach seiner Überzeugung kommen würden und die es galt jetzt schon zu lösen. Solch zukunftsweisender Wissensdrang machte ihn enorm durstig und nach jedem dritten Satz sagte er: „Na komm, einer geht noch." Mit fortschreitender Stunde ging schon nach jedem zweiten Satz noch einer.

Auf die Geschichte mit dem Friedhof kamen wir an diesem Abend nicht mehr. Die Kornflasche rollte leer unter den Tisch und P.F. rollte sich in seinem Sessel zusammen, wie eine Katze.

Ich verließ das Haus ohne Abschiedsgruß, um ihn nicht zu wecken.

Am nächsten Vormittag sah mich die Verkäuferin in dem Kiosk misstrauisch an, als ich diesmal zwei Flaschen Korn verlangte. Das nötigte mich, eine Erklärung abzugeben, und ich sagte ihr, es seien doch mehr Gäste gekommen, als ich erwartet hatte, und für heute seien doppelt so viele eingeladen. Sie tat die Flaschen in eine Plastiktüte, stellte sie außerhalb meiner Reichweite auf den Tresen und hielt mir die offene Hand entgegen. Erst als sie den zwanzig Euroschein kassiert hatte, schob sie mitleidig lächelnd die Flaschen samt Wechselgeld zu mir herüber.

P.F. saß auf der Südseite des Hauses im Garten. Da er mein Klingeln nicht hörte, ging ich um das Haus herum, wobei ich über sein Einmannzelt, was da im Weg lag, beinahe gefallen wäre.

Als er das Klappern der Flaschen hörte, fuhr er herum.

„Hallo", sagte ich als Begrüßung und er antwortete „Ich hole Gläser."

Da seit gestern geklärt war, dass es sich um P.F. aus meiner Schulzeit handelte, wollte ich eigentlich nur noch die kuriose Geschichte hören, mit der es auf Seite eins der größten überregionalen Zeitung geschafft hatte und nicht wieder heimlich die halbe Flasche Korn in eine Blumenvase kippen.

Ich bat ihn die Flaschen zum Kühlen erst einmal im Eisschrank aufzubewahren. Er nahm mir die Tüte ab und marschierte ohne ein Wort zu sagen ins Haus. Noch bevor er die Tür erreichte hörte ich das Drehen des Schraubverschlusses.

Aufgeräumt kam er nach kurzer Zeit wieder nach draußen, setzte sich mir gegenüber und legte die Füße auf den freien Stuhl.

Im Grunde genommen gehe es nur um die Begriffsbestimmung Friedhof und Kirchhof, begann er verächtlich grinsend seinen Bericht.

Eine Tante väterlicherseits hatte ihm testamentarisch eine Grabstätte auf dem Kirchhof vermacht. Eigentlich wollte die Tante dort selbst begraben werden, aber als sich ihr irdisches Ende abzeichnete, wurde sie von anderen Verwandten überredet davon abzusehen. Die Grabpflege, für die sie, die anderen Verwandten, sorgen müssten, sei in Kiel viel besser zu bewerkstelligen als in dieser kleinen abgeschiedenen nordfriesischen Gemeinde. Die Tante willigte ein und verfügte, dass der Sohn ihres Bruders, die, auf zwanzig Jahre im Voraus von ihr bezahlte Grabstätte und ihr bescheidenes Häuschen erben solle.

P.F., der sich nie um seine Tante oder sonstige Verwandte gekümmert hatte, nahm seine geerbte Grabstätte von 1.25 m x 2,25 m schon bald darauf in Augenschein und fand auf dem Kirchhof alle sanitären Voraussetzungen, die ein schlecht geführter Campingplatz auch hat. So kam ihm der Gedanke, die Grabstätte als Zeltplatz zu vermieten.

Die Gemeinde hatte sonst keine touristischen Attraktionen zu bieten, und zwei bis drei Nächte, allein auf einem Gräberfeld zwischen all den Toten und ungewohnten Geräuschen, sei jedenfalls unterhaltsamer als den ganzen Tag irgendwo am Strand herumzusitzen, fand er.

Eine gewisse Schwierigkeit den Plan zu realisieren sah er in der Friedhofssatzung, die er sich bei der Gemeindeverwaltung besorgt hatte.

Aber nach genauem Studium entdeckte P.F. scharfsinnig die Hintertür im Gesetzestext, durch die er auf den Friedhof schlüpfen könnte, um seine Urlaubspläne dort zu verwirklichen.

Ein Verwaltungsbeamter hatte, ohne sich der Folgen bewusst zu sein, folgenden Text einer Mustersatzung einfach übernommen:

§ 1 Geltungsbereich

Diese Friedhofssatzung gilt für die im Gemeindegebiet gelegenen Friedhöfe und Friedhofsteile, die Eigentum der Gemeinde sind und von ihr verwaltet werden.

Nun hieß aber der Friedhof nicht Friedhof, sondern Kirchhof. Dokumentiert wurde das durch ein weißes Hinweisschild am Eingang, auf dem in schwarzen Buchstaben zu lesen stand: *Auf dem Kirchhof sind Hunde an der Leine zu führen.* Es war die einzige Begräbnisstätte dieser Gemeinde und wurde - obwohl von Steuergeldern der Gemeinde gepflegt und unterhalten - der Einfachheit wegen vom Kirchenbüro verwaltet. Der Gottesacker selber gehörte zum Eigentum der Kirche.

Das alles entsprach also nicht § 1 Geltungsbereich, der Friedhofssatzung.

P.F. folgerte messerscharf, dass die Friedhofssatzung gar nicht auf den Kirchhof anzuwenden sei. Außerdem sei Friedhof niemals gleich Kirchhof. Alleine wegen des unterschiedlichen kulturhistorischen Hintergrundes.

Er kaufte sich ein Einmannzelt, um sein attraktives Campingangebot selber durch einen Kurzurlaub zu testen.

Gewöhnlich rechnet man für einen Kurzurlaub mindestens so an die drei Tage. Dieser dauerte nur wenige Stunden.

Vor Gericht verteidigte P.F. vehement seinen Standpunkt. Und als der Richter das Ganze eine Schnapsidee nannte, rächte er sich mit einem schier endlos gehaltenen Vortrag über den Zentralbegriff „Idee" bei Platon in der antiken Philosophie, bis zur Gewinnung von Schnaps bei einem Siedepunkt von 78,3° C.

Der Siedepunkt des Richters war längst überschritten. P.F. wurde zur Zahlung eines schmerzhaft hohen Bußgeldes verdonnert.

„Na, komm, einer geht schon." beendete er seinen Bericht und ging ins Haus.

Als die erste Flasche Korn ihren ungefüllten Zustand wieder erreicht hatte und P.F. davon schwärmte, dass Camping auf dem Friedhof in wenigen Jahren der Renner unter den Erlebnis-Urlaubsangeboten sein würde, nutzte ich die Verrichtung einer Notdurft als Gelegenheit mich aus dem Haus zu schleichen, ohne mich zu verabschieden.

Ich habe nie wieder etwas von P.F. gesehen, gelesen oder gehört.

***

Der Bucklige

Im Mutterleib lebt es sich wie im Kalifat. Man wird mit allem versorgt und ist Alleinherrscher in der Dunkelheit der Gebärmutter. Zwar fehlte mir selber in dieser Dunkelheit als virtueller Kalif noch die geistige Führerschaft, aber die weltliche erprobte ich recht erfolgreich. Ich brauchte nur mit den Füßen zu strampeln und schon stieß meine Mutter Freudenschreie aus. Sie streichelte ihren Bauch in der irrigen Annahme mich in meinem geschützten Raum damit zu beruhigen.

Als es dann endlich soweit war und die Stimme der Hebamme vom vielen Rufen „Pressen, pressen!" heiser klang, begann mein abgenabeltes Leben mit einem Unfall. Ich glitschte durch die Hände der Hebamme wie ein von der Angel befreiter Karpfen aus den Händen des ungeübten Anglers und fiel mit dem Kopf voran in eine Wasserschüssel auf dem Fußboden.

Das aufgeregte Gekreische der Erwachsenen und mein eigenes Geschrei ersparte mir den Klaps auf den Po und meinem fünfjährigen Bruder, der bei meiner Geburt zusehen durfte, eine Tracht Prügel, weil er fragte, ob ich jetzt einen Wasserkopf kriegen würde.

Als Folge dieses Unfalls verkrümmte sich meine Wirbelsäule nach hinten und mir wuchs ein Buckel.

In der Schulzeit wurde ich wegen des Buckels von den anderen Kindern oft geneckt. Solange ich mich nicht allein gegen die älteren Kinder wehren konnte, verprügelte mein Bruder sie.

Irgendwann konnte ich das aber selbst.

Ich schob den Kopf ganz weit nach vorne und unten, stürmte wie ein Ziegenbock auf den anderen los und rammte ihm meinen Buckel in die Magengegend. In der Regel knickte der Getroffene nach vorne ein und fiel dann auf sein Hinterteil. Ich stand über ihm und setzte einen Fuß genau zwischen seine Beine, wo der Hosenschlitz endet und wo es richtig weh tut. Versuchte er sich zu wehren, verstärkte ich den Druck mit dem Fuß und seine Schreie wurden lauter.

Bei Mädchen funktionierte das nicht, weil die nicht so empfindlich an der Stelle sind. Aber da genügte auch schon das Umwerfen.

Mit 10 Jahren kam ich zum Gymnasium, weil meine schulischen Leistungen überdurchschnittlich gut waren und meine Klassenlehrerin meine Mutter dazu überredete.

Meine Verweildauer in der Sexta war rekordverdächtig. Sie betrug genau einen Schultag.

Ein mir fremder Schüler begrüßte mich grinsend am zweiten Tag auf dem Schulhof mit:

„Na du alte Buckelarschkakalake?"

Er schlug nach meiner Ziegenbock-Attacke mit seinem Kopf hart auf die unterste Stufenkante der Eingangstreppe vom Gymnasium. Es gab ein unschönes knackendes Geräusch, viel Blut, und ich wurde im Streifenwagen nach Hause gefahren.

Später, im Zimmer des Jugendrichters, redeten alle auf mich ein. Der Richter, die Eltern des gestürzten Jungen, eine Vertreterin des Jugendamtes und ein Polizeibeamter, der den Rettungswagen gerufen hatte. Meine Mutter sagte nichts. Ich sagte auch nichts, weil ich im Recht war. Der Junge hatte angefangen, ich hatte mich nur gewehrt.

Als die Fragerei nicht aufhörte, steckte ich mir in jedes Ohr einen Zeigefinger und blickte aus dem Fenster. Die Frau vom Jugendamt gab als erste auf, klappte den Aktendeckel zu, unter dem nur ein leerer Schreibblock lag und sah hilfesuchend den Richter an.

Der Richter tat das, was alle Richter tun, wenn sie nicht weiterwissen.

„Ich vertage die Sitzung und ziehe zum nächsten Gesprächstermin einen Psychologen hinzu."

Dieser nächste Gesprächstermin fand nie statt. Ich bekam zwei Tage später die Masern und meine Mutter ein Schreiben von der Schulleitung. In dem mit „Hochachtungsvoll" unterschriebenen Brief wurde ich als Risiko für die gute Klassenharmonie eingestuft und meiner Mutter dringend empfohlen die Anmeldung zum Gymnasium zurückzuziehen.

Sie beantwortete das Schreiben nicht. Dazu war sie viel zu stolz und meinte die hätten es gar nicht verdient so einen hochbegabten Schüler wie mich an ihrer Schule zu haben.

Ich war einverstanden und mein Bruder auch. Er hatte gerade eine zweimonatige Jugendstrafe zur Bewährung straffrei überstanden. Also zogen wir drei Wochen nach der Sitzung im Richterzimmer wieder einmal in eine andere Stadt um.

Mit 18 Jahren hatte ich dort meine eigene Gang. Meine besondere Begabung, alles was ich einmal gesehen, gehört oder gelesen hatte fest im Gedächtnis zu behalten und jeder Zeit darauf zugreifen zu können, verschaffte mir nicht nur

Respekt und Bewunderung meiner Kumpel, sondern auch zu jeder Zeit ein glaubwürdiges Alibi.

Ich war ein aufmerksamer und gründlicher Zeitungleser. Ich kannte alle Filme, ich wusste in welchem Kino sie in der Stadt liefen und zu welchen Anfangszeiten. Ich besuchte Supermärkte und konnte danach das gesamte Warensortiment in jedem Regal angeben.

Mein Gehirn gleicht einer Riesenfestplatte in einem Computer, auf der alles gespeichert wird, was meine fünf Sinne wahrnehmen, und ich kann jeden gespeicherten Ordner zu jeder Zeit abrufen und den Inhalt widergeben.

Da ich oft zu Vernehmungen auf Polizeiwachen geschleppt wurde, kannte ich auch fast alle Dienstpläne und die Namen und Mobilfunk-Telefonnummern der dortigen Beamten, die am Schwarzen Brett aushingen.

Eigentlich kam ich ganz gut mit den Bullen aus, obwohl sie wussten, dass meine Gang mit harten Drogen dealte und einige Banküberfälle der letzten zwei Jahre auf mein Konto gingen. Sie hassten mich, nannten mich „Quasimodo" aber bewunderten mich gleichzeitig hinter vorgehaltener Hand, weil sie mich und meine Kumpel bisher nie überführen konnten.

Ich lieferte jedem meiner Jungs und mir selbst immer ein hieb- und stichfestes Alibi für die Zeit des Verbrechens.

Die Vernehmung bei der Kripo lief dann etwa so oder so ähnlich ab:

„Wo warst Du gestern zwischen 17 und 18 Uhr?"

„Im Kino."

„Geht es vielleicht etwas genauer? Zum Beispiel, in welchem Kino?"

„Im Filmpalast"

„Und? Welchen Film hast Du Dir angesehen?"

„Western"

„Aha, also kein Märchenfilm. Wie hieß denn der Film?"

„Für eine Handvoll Dollar."

„Wann hat der Film angefangen?"

„Steht doch auf jedem Plakat. Halb Vier."

„Hauptdarsteller?"

„Kennen Sie nicht. Is'n Ami."

„Werde nicht frech! Hauptdarsteller?!"

„Clint Eastwood"

„Hast Du noch die Eintrittskarte?"

„Hab' ich weggeworfen. Wusste ja nicht, dass man sowas bei der Polizei abgeben muss."

„Gibt es jemanden der bezeugen kann, dass Du die ganze Zeit im Kino gewesen bist?"

„Ja. Ganz viele."

„Namen, Adressen?"

„Kennen Sie doch. Sind meine drei Freunde. Wir sind immer zusammen. Wir spielen ja auch immer zusammen Skat."

„Natürlich. Skat spielt man aber zu dritt. Ihr seid vier!"

„Einer geht immer Bier holen. Wir sind alle Ü16. Wir dürfen das."

„Noch jemand, der Euch gesehen hat?"

„Nein. Aber als das Kino aus war, haben wir gesehen wie Sanis auf der anderen Straßenseite jemand in den Rettungswagen schoben."

„Wie sah der Rettungswagen aus?"

„Ich glaub' viel Rot und Gelb. Weiß ich nicht mehr genau. Stand ASB drauf."

„Und?"

„Was und?"

„Na, das Kennzeichen! Hast Du Dir doch bestimmt auch gemerkt."

„Nö. Musste ich? – Aber ich glaube die letzten zwei Ziffern waren 27. Mehr konnte ich nicht sehen, weil der Fuzi vom Rettungswagen davorstand."

Der Kommissar stand auf und verschwand, um meine Angaben zu überprüfen. Nach 20 Minuten kam er wieder.

„Du kannst gehen, Quasimodo. Ich schwöre Dir, das nächste Mal wird Dein Arsch direkt von hier in die Zelle wandern. Und jetzt verzieh Dich."

Das ließ er jedes Mal frustriert ab, wenn die Überprüfung meiner Angaben positiv war.

Dass die Bullen mich Quasimodo nannten, machte mir nichts aus. Ich mochte den Film „Der Glöckner von Notre Dame".

Der Trick mit dem Alibi ist einfach. In der Zeit, während meine Jungs den Bruch machen, fahre ich durch die Stadt bis ich auf etwas Auffälliges und für die Bullen Nachprüfbares stoße. Zum Beispiel ein Feuerwehreinsatz oder ein Verkehrsunfall bei dem die Polizei vor Ort ist oder das Aufstellen von Baustellen-Schildern und so weiter. Ich speichere die Situation mit allen Details und schildere sie den Freunden.

Laut Polizeiprotokoll kamen wir vier dann gerade zufällig in der fraglichen Zeit hinzu und haben auch alle das Gleiche zu Protokoll gegeben. Kein Richter stellt einen Haftbefehl bei so einem wasserdichten Alibi aus.

Mit neunzehn Jahren war ich ein gemachter Mann. Fuhr teure Autos, ließ das Grab meiner Mutter, die bei einer handgreiflichen Auseinandersetzung mit dem Bewährungshelfer meines Bruders, unglücklich gefallen und verstorben war, mit einem protzigen Marmor-Gedenkstein neugestalten und schickte meinem Bruder Geld ins Gefängnis, für Bestechung und Sonderrationen.

Reichsein und Bullenreinlegen fand ich eines Tages langweilig. Ich wollte auf die Titelseiten der Zeitungen, ganz groß und mit Bild, damit alle die, die mich Missgeburt, Hexenbuckel oder Buckelarschkakalake genannt hatten, sehen konnten welche Berühmtheit ich geworden war. Das war ich meiner toten Mutter und meinem Bruder schuldig. Ohne sie wäre ich nicht das geworden, was ich geworden bin.

Ich war ein erfolgreicher Berufsverbrecher aber durfte meine Tüchtigkeit nicht einmal offen zeigen. In anderen Berufen geht das.

Ich beschloss deshalb alle die Richter, Polizisten und Staatsanwälte in der Stadt mal so richtig auszutricksen, ihre durchgesessenen Ärsche in Bewegung zu bringen und ihnen die Grenzen ihrer Möglichketen zu zeigen. Und die Medien würden das auf den Titelseiten bringen.

Für meinen Plan brauchte ich nicht viel Vorbereitung. Ein Konto bei einer Filiale der russischen Citibank in Moskau unter falschem Namen, zwei geklaute Handys und Geduld.

Ich überwies 5.000 US Dollar als erste Transaktion nach Moskau und wies die Bank an, jeden eingehenden Betrag, der höher als 20.000 US Dollar ist, nach 24 Stunden als Irrläufer an die einzahlende Bank zurück zu überweisen.

Zweimal probierte ich es mit einer Überweisung von 21.000 US Dollar aus und hatte das Geld nach 48 Stunden wieder auf meinem Konto.

Ein halbes Jahr wartete ich dann geduldig ab und verabschiedete mich in der Zeit von der Szene. Die Bullen kriegten das natürlich mit, verloren aber nach anfänglichen misstrauischen Observierungen und Personalmangel das Interesse an mir.

Das Schreiben, das ich dann per Postzustellung an den Polizeipräsidenten „persönlich, vertraulich" schickte, hatte den folgenden Inhalt:

Sehr geehrter Herr Polizeipräsident,

richten Sie ein WhatsApp-Konto auf dem Handy von Wachtmeister Waldemar Gerald, Polizei-Wache West ein. Es ist ein Bombenanschlag geplant. Weitere Informationen nur über WhatsApp.

Dies ist kein Bluff oder Fake.

Zwei Tage später klaute ich aus dem Spind zweier Jugendlicher im Hallenbad die Handys. fuhr auf einen nahegelegenen Autobahnparkplatz und sendete von einem der geklauten Handys um 11.00 Uhr folgende Nachricht per WhatsApp an die Mobilfunk Nummer von Wachtmeister Waldemar Gerald:

Sie haben bis morgen um 10:00 Uhr Zeit 1.000.000 US Dollar bereitzustellen, um diese online auf ein Konto zu überweisen. Bankverbindung und Hinweis wo und wie die Bomben entschärft werden können sende ich morgen um 10:00 Uhr.

Ich entfernte die SIM Karte, wischte sorgfältig alle Fingerabdrücke ab und legte das abgeschaltete Handy in meinen eigenen Briefkasten.

Die Vorstellung, wie die Ermittlungen im Polizeipräsidium seit dem Eintreffen meines Briefes und jetzt nach direkter Kontaktaufnahme erst recht, auf Hochtouren laufen würden, machte mir mächtig viel Spaß. Die gesamte Führungsebene der Polizei, einschließlich der Staatsanwaltschaft, würden Tag und Nacht Bereitschaft schieben. Sie wussten nicht was es mit der Bombe tatsächlich auf sich hatte und sie wussten nicht, ob das Ganze ein Scherz oder eine tatsächliche Gefahr war. Aber sie konnten es auch nicht einfach ignorieren. Ihre Karrieren und Pensionen standen auf dem Spiel.

Besonders hart würden sie wahrscheinlich mit dem armen Beamten der Polizeiwache West umgehen. Vielleicht aber war die Kripo ja auch selber schon darauf gekommen, wie einfach man an die Mobilfunknummer von Wachtmeister
W. Gerald kommen konnte. Sie stand schon damals auf dem Notrufplan am Schwarzen Brett. Ich kannte sie daher

und hatte den Anschluss vor ein paar Tagen von einer Telefonzelle aus getestet.

Sicher hatte die Kripo bereits herausgefunden, von welchem Handy und von wo ich die Nachricht gesendet hatte und warteten mit geöffneten Handschellen gierig auf die nächste Nachricht von mir, um es klicken zu lassen.

Aber so lief das Spiel nicht.

Meine nächste Nachricht setzte ich pünktlich um 10:00 Uhr am nächsten Tag von dem zweiten Handy in der Kirche St. Johann ab:

In Zweien der zehn städtischen Krankenhäuser ist jeweils eine Bombe platziert, die ferngezündet werden kann. Überweisen Sie online bis um 11:00 Uhr die 1.000.000 US Dollar auf ein Konto bei der Citibank Russia in Moskau. Die Kontoverbindung folgt im Anschluss an diese Nachricht. Der Bankserver arbeitet viertelstündlich. Sollte die Wertstellung auf dem Konto bis um 11:00 Uhr erfolgt sein, kommt auf gleichem Weg die Bekanntgabe der Bomben Standorte. Sie werden in der jetzt noch verbleibenden Zeit keine Chance haben die zwei Bomben zu finden. Wenn Sie nicht den Tod hunderter Patienten in Kauf nehmen wollen, dann befolgen Sie sehr genau meine Anweisungen.

Ich drückte auf „senden" und schickte die Bankverbindungsdaten gleich hinterher. Dann entfernte ich die SIM Karte, wischte wieder sorgfältig alle Fingerabdrücke ab und legte das abgeschaltete Handy neben das erste in meinen Briefkasten.

In meiner Wohnung packte ich verschiedene Wertsachen zusammen, entnahm bis auf wenige Geldscheine meinem

Wandtresor alle Unterlagen, die mit Geldgeschäften zu tun hatten und packte alles in eine Reisetasche, die ich in einem Schließfach im Bahnhof deponierte.

Ich wusste wie das Spiel abläuft.

Sie würden die Summe überweisen, weil niemand die Verantwortung für eine Fehlentscheidung mit tödlichem Ausgang übernehmen wollte. Danach aber würden sie mit Hochdruck unter Einschaltung der Deutschen Botschaft in Moskau ermitteln. Lange würde es nicht dauern und sie würden herausfinden, dass ich hinter dem angegebenen Namen des Kontoeigentümers stecke. Sowas ermittelt die Kripo in Zusammenarbeit mit der Staatsanwaltschaft routiniert und schnell.

Dann würde die ganze Meute spätestens in drei bis vier Stunden mit breitem Grinsen vor meiner Tür stehen, mir einen Haftbefehl unter die Nase halten, mich einen kurzen Blick auf einen Durchsuchungsbeschluss werfen lassen und meine Wohnung auseinandernehmen als sollten sie einen Schrottplatz aufräumen. Ihres Triumphes sicher hatten sie vor dem Einsatz natürlich die Presse informiert, die sich mit Fernsehkameras und riesenlangen Teleobjektiven dem Tross der Polizeifahrzeuge anschließen würde.

Genau so lief die Show dann auch ab.

Als die Wohnungstür aufgestoßen wurde und der mir gut bekannte Hauptkommissar mit zwei Uniformierten und schadenfrohem Grinsen vor mir stand, wusste ich, dass sie gezahlt und damit verloren hatten.

„Das war's dann wohl, Quasimodo." und zu den zwei Uniformierten „Festnehmen!"

Ich protestierte lautstark.

„Was soll das? Haben Sie sich 'n falsches Schmerzmittel in Kaffee gerührt? Oder was geht hier ab?"

„Nicht frech werden, mein Junge. Du bist vorläufig festgenommen wegen des Verdachtes der räuberischen Erpressung."

Die Uniformierten legten mir Handschellen an und ich rief so laut ich konnte:

„Die spinnen doch, die Bullen."

„Was war das? Habe ich da eben sowas wie Beamtenbeleidigung gehört?"

„Nicht von mir, Herr Hauptkommissar. War 'n Zitat aus „Obelix und die Landwirtschaft".

Mittlerweile wimmelte es um uns herum von zivilen Beamten, die anfingen die Wohnung in ein Trümmerfeld zu verwandeln. Ich fragte den Hauptkommissar, ob die das dürfen und was sie eigentlich suchen. Er hatte aber keine Lust mehr sich mit mir zu unterhalten und gab mir den Durchsuchungsbeschluss zum Lesen.

Nach einer Stunde sah meine Wohnung aus, als sei ein Hurrikan durchgezogen.

„Die Autoschlüssel, Quasimodo. Wo hast Du die?"

„Keine Ahnung. Such ich selber schon seit Wochen."

„Red kein Scheiß. Wo sind sie?"

„Sag ich doch, weg."

Er fasste in meine Hosentasche und zog das Schlüsselbund mit Auto-, Wohnungstür- und Briefkastenschlüssel raus.

„Na bitte, Du Clown."

„Wär ich jetzt wirklich nicht drauf gekommen, Herr Hauptkommissar."

„Die große Klappe wird man Dir im Knast schon noch stopfen, mein Junge. – Wofür ist dieser Schlüssel hier?"

„Ist für die Schatzkiste unter dem Wohnzimmerteppich." Er trat dicht an mich heran und sah mir in die Augen.

„Es langt, Quasimodo. Man muss wissen, wann man verloren hat.- Also?"

„Man, Hauptkommissar. Warum so humorlos? Ist doch nur der Schlüssel für den Briefkasten draußen."

Der Uniformierte kam nach wenigen Minuten stolz mit den zwei Handys in einer Plastiktüte zurück und ich kam von zwei Bullen eingerahmt nach draußen in ein Blitzlichtgewitter der versammelten Presse.

Am nächsten Tag wurde ich am späten Nachmittag einem Haftrichter vorgeführt. Ich verneinte die Frage, ob ich einen Rechtsanwalt hinzuziehen möchte, der meine Interessen später vor Gericht oder jetzt beim Haftprüfungstermin vertreten würde und erklärte, dass ich ja nicht einmal wüsste weshalb ich die Nacht im Gefängnis verbringen musste.

Der anscheinend gut gelaunte Richter lächelte mich an.

„Dem Manne kann geholfen werden, sagt Karl Moor in Schillers Räuber. Bitte sehr, Herr Staatsanwalt."

Nachdem der Staatsanwalt mit dem Vorlesen der Anklageschrift fertig war, fragte der Richter mich, was ich dazu zu sagen habe. Ich stellte die Gegenfrage, ob ich hier in der Sendung „Versteckte Kamera" gelandet sei und ob das Ganze ein übler Scherz ist.

Er fand, dass 1.000.000 US Dollar als Scherzartikel nicht gerade üblich sind. Räumte aber ein, dass bei meinen Vermögensverhältnissen die Sache durchaus anders gesehen werden könnte.

Ich tat so als ginge mich die Sache ab jetzt nichts mehr an und schaute gelangweilt an die Decke. Eine Weile schwiegen alle. Dann sagte ich:

„Hier fehlt der Rauchmelder."

Der Staatsanwalt rutschte nervös auf seinem Stuhl herum und der ebenfalls anwesende Hauptkommissar versteckte sein Gesicht hinter einem Aktendeckel.

Aber der Richter blieb cool. Er schaute nicht einmal zur Decke hoch.

„Das macht nichts, in diesem Raum übernachtet keiner. Wir sind hier alle ganz hellwach und deshalb, Herr Manske, reden wir beiden jetzt auch mal ganz vernünftig miteinander. Bitte beantworten Sie meine Fragen ohne Albernheiten. – Haben Sie ein Bankkonto bei der Citibank in Moskau?"

„Ja."

„Warum wurde das Konto unter einem falschen Namen eingerichtet?"

„Angst vor der Russenmafia."

„Aha. Machen Sie mit der Russenmafia Geschäfte?"

„Nein."

„Warum dann die Angst?"

„Ist doch wohl nicht verboten Angst zu haben, oder?"

„Ist es nicht. Nur erklärt das nicht den falschen Namen des wirklichen Kontoeigentümers. Gut, lassen wir das erst einmal auf sich beruhen. In Ihrem Briefkasten hat die Polizei zwei Handys gefunden. Sind das Ihre?"

„Nein. Wenn ich ein Handy hätte, würde ich es in der Hosentasche aufbewahren, nicht im Briefkasten."

„Sie haben kein Handy?"

„Richtig."

„Auch nie eines gehabt?"

„Doch. Ich hatte ein Handy als ich noch mit meinen Kumpels Skat gespielt habe. Wir mussten uns ja irgendwie verabreden, weil alle viel mit dem Auto unterwegs waren."

„Hm. Und jetzt haben Sie also keines mehr. Haben Sie sich damals über WhatsApp verabredet?"

„Wir hatten alle Nokia Handys. Einer wechselte mal zu Samsung. Aber ein WhatsApp Handy kenne ich nicht."

„So, so .. ! Haben Sie eine Ahnung, wem die Handys gehören, die die Polizei in Ihrem Briefkasten gefunden hat und wie die da hineingekommen sind?"

„Nö, weiß ich beim besten Willen nicht. Aber wenn Sie den ermittelt haben, Herr Richter, werde ich mir den Arsch mal vorknöpfen."

Ein Gerichtsdiener trat mit einem Zettel in der Hand an den Richtertisch. Der Richter überflog das Geschriebene und gab den Wisch weiter an den Staatsanwalt.

Dann wandte sich wieder an mich.

„Auf Ihr Konto der Citibank wurden vor etwa vierundzwanzig Stunden 1.000.000 US Dollar überwiesen. Haben Sie diese Summe erwartet?"

Darauf hatte ich gewartet. Ich sprang wütend auf und wetterte los.

„Woher wissen Sie eigentlich von dem Konto in Moskau? Und wie kommen Sie an den Kontostand? Das ist doch eine Riesenschweinerei. Ich sage jetzt gar nichts mehr und will einen Anwalt sprechen, damit ich das Gericht oder die Polizei wegen Verletzung des Datenschutzes verklagen kann. Und dass mir einer 1.000.000 Dollar geschenkt hat, können Sie irgend so 'ner Arschkrampe erzählen, aber nicht mir."

Der Richter blieb auch nach diesem Wutausbruch cool.

„Ihnen hat auch keiner 1.000.000.Dollar geschenkt. Das Geld wurde wieder zurücküberwiesen. Ich unterbreche für dreißig Minuten. Der Angeklagte bleibt unter Bewachung solange im Zeugenzimmer."

„Ich will einen Anwalt!" schrie ich ihn an.

„Der Herr Staatsanwalt wird sich darum kümmern. Beruhigen Sie sich."

Im Zeugenzimmer gab es einen Fernseher und zwei Tageszeitungen von heute.

Ich hatte es in beiden Zeitungen auf die Titelseite geschafft. Das Bild zeigte mich und die Kripobeamten in Großaufnahme wie ich in Handschellen aus dem Haus geführt wurde.

Die Bildunterschrift erfüllte meine kühnsten Träume:

Der bei der Polizei unter dem Namen „Quasimodo" bekannte Verbrecherkönig S.M. wurde gestern innerhalb von wenigen Stunden, dank hervorragender Ermittlungsarbeit von Staatsanwaltschaft und Kriminalpolizei, überführt und festgenommen. S.M. hatte versucht die Stadt mit einer Lösegeldsumme von 1.000.000 US Dollar zu erpressen. Es ist das erste Mal, dass der Verbrecherkönig überführtwe den konnte.

Ich hatte erreicht, was ich wollte. Jetzt würden sie alle zusammensitzen und beratschlagen, wie es weiter gehen soll. Das Geld hatten sie zurück, womit sie nicht rechnen konnten. Einen finanziellen Schaden für die Stadt gibt es nicht. Da keine Nachricht mehr über WhatsApp eingegangen war und bei mir nichts Verdächtiges gefunden wurde, was irgendwie mit Sprengstoff in Verbindung gebracht werden konnte, musste ihnen klar geworden sein, dass es auch keine Bombe gibt und ich sie damit gelinkt hatte.

Aber sie hatten nun einmal der Presse am Tag zuvor stolz berichtet, dass sie mich, Quasimodo, endlich wegen eines Schwerverbrechens überführen können. Und sie glaubten gute Beweise meiner Schuld als Erpresser vorweisen zum können.

Nun sah ihr Blatt überhaupt nicht mehr gut aus.

Ein junger Rechtsanwalt kam in das Zeugenzimmer, stellte sich kurz vor, erklärte dass der Staatsanwalt ihn gebeten hatte als mein Pflichtverteidiger einzuspringen und schickte den Polizeibeamten nach draußen, um sich mit seinem neuen Mandanten unter vier Augen zu unterhalten.

Ich erzählte ihm, dass ich seit über einem halben Jahr clean von jeglicher Ungesetzlichkeit lebe und dass scheinbar irgendein Typ aus vergangenen Zeiten mich reinlegen will, indem er Handys in meinen Briefkasten legt, um mich verdächtig zu machen.

„Fragen Sie die Bullen, ob meine Fingerabdrücke auf den Handys sind. Die können gar keine gesichert haben, weil ich die verdammten Dinger nie gesehen und deshalb auch nie angefasst haben kann."

„Okay. Ich gehe jetzt zum Richter und verlange Akteneinsicht. Dann sehen wir weiter."

Nach einer Stunde kam er wieder, sagte laut „Es geht weiter" und flüsterte mir leise ins Ohr „Sieht nicht schlecht aus für Sie."

Er war jung, es war sein erster Fall als Pflichtverteidiger, und er hatte Ehrgeiz zu beweisen, was er draufhat.

Kaum dass wir wieder alle im Richterzimmer saßen, stand er sofort auf und erklärte dem Richter, dass er, Ernst Vogel, als Pflichtverteidiger das Mandat des Beschuldigten übernommen hat und sein Mandant von seinem Aussageverweigerungsrecht Gebrauch mache.

Der Richter schaute ihn fast mitleidig an.

„Lieber junger Kollege, dass Sie die Verteidigung des Beschuldigten übernommen haben ist mir natürlich bekannt. Ich darf Sie aber darauf aufmerksam machen, dass wir hier nicht zu Gericht sitzen, sondern ich mir lediglich ein Bild von dem Beschuldigten machen möchte, ob die Anordnung einer U-Haft berechtigt ist. Und nun setzen Sie sich bitte wieder. – Also Herr Vogel, was sagt Ihr Mandant zu dem

Citibank Konto und den 1.000.000 US Dollar, die darauf eingezahlt werden sollten?"

„Sie gehen davon aus, dass mein Mandant der Erpresser ist. Das ist aber nicht der Fall. Es gibt jemanden, wahrscheinlich eine Person, mit der er bei seinen früheren Geschäftstätigkeiten zu tun hatte, der ihn auf ganz üble Art und Weise reinlegen will. Diese Person, nennen wir ihn „X", hat das alles so eingefädelt, um meinen Mandanten zu belasten."

„Woher kennt „X" die Kontonummer Ihres Mandanten?"

„Steht auf jedem Briefkopf von Herrn Manske und kann sich deshalb jeder besorgt haben."

„Warum hat Herr Manske die Bank angewiesen die eingezahlte Summe wieder voll zurück zu überweisen?"

„Weil er wegen der Russen Mafia keine hohen Beträge auf seinem Konto haben wollte. Der Herr Staatsanwalt hat bei seinen Ermittlungen doch festgestellt, dass früher schon Beträge, die höher als 20.000 Dollar waren zurück überwiesen wurden. Und das ist doch gerade der Beweis. „X" wusste nichts davon, dass es diese Bankanweisung des Kontoeigentümers gab. Was macht es denn auch für einen Sinn, 1.000.000 Dollar zu erpressen und das Lösegeld dann nicht anzunehmen?"

„Vielleicht wollte Ihr Mandant, wie in früheren Fällen der Polizei nur eine lange Nase machen."

„Gibt es dafür irgendeinen relevanten Beweis?"

„Nein, gibt es nicht. Nur die starke Vermutung. Kommen wir zum nächsten Punkt. Die beiden im Briefkasten Ihres

Mandanten gefundenen Handys. Ein wunderbares Versteck, auf das die Polizei nur durch Zufall gekommen ist, weil der Briefkastenschlüssel am Ring des Autoschlüssels von Herrn Manske hing."

„Auch das spricht doch genau für die Unschuld meines Mandanten, Herr Richter. Welcher Trottel legt denn die einzigen Beweisstücke in den eigenen Briefkasten und entsorgt sie nicht dort, wo keiner sie finden würde?"

„Auf den Handys waren sorgfältig alle Fingerabdrücke abgewischt. Warum?"

„Weiß ich nicht. und mein Mandant auch nicht. Aber auf jeden Fall können die Handys nicht als Beweis geltend gemacht werden, dass Herr Manske damit telefoniert hat."

„Es scheint so. Gibt es sonst noch etwas zur Verteidigung Ihres Mandanten vorzubringen?"

„Nein. Ich beantrage die sofortige Entlassung meines Mandanten aus der U-Haft und die Einstellung des Strafverfahrens."

„Langsam, Herr Kollege. Ein Strafverfahren ist noch gar nicht eröffnet worden."

Der Richter tuschelte kurz mit dem Staatsanwalt und verkündete dann.

„Die U-Haft von Herrn Siegfried Manske wird aufgehoben. Sie können gehen Herr Manske."

Die Presseberichte nach meiner Entlassung entsprachen voll meinen Erwartungen.

Wieder einmal hat „Quasimodo" es geschafft. Die Staatsanwaltschaft ist zwar fest von der Schuld des sogenannten

„*Verbrecherkönigs*" *überzeugt, kann aber keine Beweise dafür beibringen.*
„*Quasimodo*" *ist wieder auf freiem Fuß.*

***

In Ewigkeit, Amen.

Die Trauergemeinde erhob sich von den Plätzen, als die Witwe, von ihren zwei fürsorglichen Töchtern links und rechts gestützt, mit tief gesenktem Haupt, allen Angehörigen voran, den Mittelgang des Kirchenschiffs betrat und mit langsamen Schritten zögerlich dem Ausgang zustrebte.

Es sah aus, als wolle sie dem Verstorbenen Zeit lassen, um ihr und der Familienprozession nach draußen zu folgen. Aber der Verstorbene lag in dem verschlossenen Sarg und die Trauergemeinde schaute betreten zu Boden.

Ich kam mit den letzten Besuchern aus der Kirche und steuerte auf eine Personengruppe zu, die sich seitlich versammelt hatte. Es waren vier Frauen und ein Mann, die alle mit mir zusammen eine Zeit lang in dem Unternehmen beschäftigt gewesen waren, dessen Chef nun unter den Kränzen und Blumengebinden in der Kirche auf die Sargträger des Bestattungsinstitutes warten musste. Es war nicht seine letzte

Ruhestätte. Die Asche sollte irgendwann, der von ihm geliebten Nordsee übergeben werden.

Das Wiedersehen mit den früheren Kolleginnen und Kollegen, die ich lange Zeit nicht gesehen hatte, fiel herzlich aus. Unser mehrfaches „Hallo" mit Umarmungen und Schulterklopfen bedachten andere Trauergäste, die derartige Emotionsausbrüche für verfehlt hielten, mit entrüsteten Blicken, was uns veranlasste die Wiedersehensfreude in das nächstgelegene Café zu verlegen.

Es stellte sich heraus, dass auch die Angehörigen des Verstorbenen sich dieses Café ausgesucht hatten, um persönlich geladene Gäste zu bewirten. Festlich eingedeckte Tischreihen empfingen uns.

Etwas ratlos schauten wir uns nach nicht reservierten Tischen um. Es gab keine, und da wir nun einmal hier waren, blieben wir abwartend stehen.

Die Witwe nickte uns freundlich zu, als sie mit ihren Töchtern an den Armen das Café betrat. Wir betrachteten das als Einladung und setzten uns an ein freies Tischende.

Einige der Gäste, die nach und nach die Tische besetzten, erkannte ich als frühere Kunden. Sie nahmen keine Notiz von mir, was ich mit Erleichterung feststellte, denn ihre Namen fielen mir nicht mehr ein. Aber alle waren ausgesprochen nett. Man reichte ständig die Teller mit Butterkuchen an uns weiter und die Bedienung schenkte Kaffee nach so viel wir wollten.

War die Stimmungslage anfangs noch gedämpft, dem Anlass des Treffens angemessen, ging nach den ersten Schnäpsen der Geräuschpegel merklich nach oben, so dass man sich schon vorbeugen musste, um die Worte seines Gegenübers zu verstehen.

Laute Lacher, ließen darauf schließen, dass der Verblichene auch nach seinem Tod noch in der Lage war für ein gutes Betriebsklima zu sorgen.

Unsere Gruppe stand dem um nichts nach. Anekdoten über Kollegen und den Chef wurden schon bald mit viel Fantasie und schauspielerischen Einlagen vorgetragen.

Wir amüsierten uns wie in alten Zeiten bei den jährlich stattfindenden Betriebsfeiern, die am frühen Abend mit ordentlich sitzender Krawatte bei einem Dreigangmenü und der vorbestellten Kalten Ente begannen und in irgendeiner Bar weit nach Mitternacht mit offenem Hemd endeten.

Soweit kam es hier natürlich nicht, denn als die Witwe aufstand und sich mit ihren beiden Töchtern durch Kopfnicken in alle Richtungen verabschiedete, wurde das allgemein als Signal zur Beendigung der Trauerfeier verstanden.

Wir waren als erste gekommen, und wollten deshalb nicht auch als erste wieder gehen. Es sollte nicht der Eindruck entstehen, die Feier hätte uns nicht gefallen.

Standhaft wehrten wir die eifrigen Abräumbemühungen des Personals ab, um nicht die noch halb vollen Gläser mit dem sündhaft teuren Whisky, zu dem wir mittlerweile übergegangen waren, der Küche zu überlassen.

Außerdem hatten wir jede Menge Zeit, denn von uns Ehemaligen befanden sich alle bereits im Ruhestand.

Es war Mechthild, eine sonst eher introvertierte frühere Sekretärin in dem Unternehmen, die beim letzten Toast auf unseren dahingeschiedenen Chef, ganz unerwartet das Wort ergriff und sich für eine Wiederholung unseres Zusammenseins aussprach, indem sie den Vorschlag unterbreitete, Trauerfeiern – denn das hätte der heutige Tag ja gezeigt – als optimale Gelegenheit hierfür zu nutzen.

Der lebhafte Austausch über die gemeinsam verbrachten Jahre hätte ihr trotz des traurigen Anlasses überaus gut gefallen.

Von allen Seiten kam spontane Zustimmung, zumal wir von einer kostengünstigen Nachmittagsveranstaltung ausgehen durften, denn wir mussten ja nur für die Hin- und Rückfahrt selber aufkommen.

Exkollege Wolfgang, schon immer etwas schwerfällig, wenn es um das Erkennen neuer Chancen ging, wandte ein, dass wir doch nicht wissen könnten, wer als Nächster den Löffel abgeben würde.

Mechthild übernahm wie selbstverständlich die Führungsrolle innerhalb unseres Kreises und erklärte ihm, dass jeden Mittwoch und Samstag in der Tageszeitung mindestens zwei Seiten Todesanzeigen Auskunft darüber geben und wir dadurch in den Genuss einer komfortablen Auswahl für ein solches Treffen kämen.

Bevor wir uns draußen trennten, versprach sie die Initiative zu übernehmen, einen geeigneten Kandidaten auszusuchen. Sie wollte uns telefonisch benachrichtigen.

Ihr Anruf kam schon vierzehn Tage später.

Wir trafen uns zwanzig Minuten vor Beginn der Trauerfeier abseits der Kirche und verabredeten, nacheinander im Abstand von etwa drei Minuten einzutreten, um nicht als Gruppe schon vorher aufzufallen.

Im Anschluss an die Beisetzung auf dem Friedhof hielten wir uns - ohne zusammen zu stehen - in der Nähe der Angehörigen auf und schlenderten nach und nach mit ihnen in das Lokal schräg gegenüber.

Alles lief nach Plan. Keiner der anderen Trauergäste fragte jemanden von uns woher er den Verstorbenen kannte oder ob er zur Familie gehöre. Vor dem Butterkuchen gab es diesmal sogar eine schmackhafte Gulaschsuppe. Besonders aufmerksam empfanden wir es, dass die alkoholischen Getränke bereits von Beginn an ausgeschenkt wurden.

Als wir später - nicht mehr ganz nüchtern - das Restaurant verließen, waren wir uns darüber einig, dass diese Feier doch um einiges gelungener ausgefallen war, als die vor vierzehn Tagen.

Irgendjemand kam auf die Idee von jetzt ab Punkte zu vergeben. So wie bei sportlichen Wettbewerben, z. B. Eiskunstlauf oder Turnen. Die höchste zu vergebene Punktzahl sollte zehn sein, sozusagen ‚summa cum laude'

Obwohl wir in den nächsten Monaten bei vielen interessanten Trauerfeiern den jahrelangen Entzug kollegialen Zusammenseins durch parasitäres Teilnehmen an Trauerfeiern kompensieren konnten, manchmal bis zu zweimal wöchentlich, vergaben wir nicht ein einziges Mal die Höchstpunktzahl.

Aber eines Tages rief Mechthild mit der Ankündigung an, wir dürften uns auf einen ganz exklusiven Leichenschmaus freuen.

Mechthild sollte Recht behalten. Die Beisetzung eines früheren Senators wurde der absolute Höhepunkt unserer bisherigen Trauerfeiern.

Die Kosten der Taxifahrt vom Friedhof in das Viersterne Hotel, waren leider nicht zu vermeiden. Wir hätten sonst den Anschluss bzw. den Ort der Trauerfeier verpasst. Es blieb uns nichts anderes übrig als diese Ausgabe unter, ‚außerordentliche Betriebskosten' zu verbuchen.

Durch langsames Essen, der Tipp kam von Heide, erzielten wir allerdings einen gewissen materiellen Ausgleich, indem wir von den exquisiten Schnittchen mit Kaviar, Lachs und feinstem französischen Käse sehr viel mehr in uns hinein stopften konnten, als das bei dem üblichen hastigen Schlingen möglich gewesen wäre.

Auf den obligatorischen Butterkuchen, der bei jeder Beerdigung gereicht wird, mussten wir leider wegen des quälenden Füllegefühls, dass sich uns allen auf den Magen legte, verzichten, obwohl er hervorragend schmecken sollte, wie eine Dame neben mir ihrem Begleiter zuflüsterte.

Einstimmig vergaben wir mit ‚zehn' die höchste Punktzahl und lobten Mechthild für die gelungene Auswahl.

Beim Hinausgehen tippte mir jemand von hinten auf die Schulter und meinte, dass wir uns ja schon Ewigkeiten nicht mehr gesehen hätten. Ich bestätigte das, ohne mich umzudrehen oder stehen zu bleiben mit einem lachenden „Ja, das stimmt." Ich hatte keine Ahnung wer der Kerl hinter mir war und kniff Mechthild, die neben mir ging, in den Arm. Sie verstand sofort, blieb mitten im Türrahmen stehen, reichte dem Mann ihre Hand indem sie sich umständlich vorstellte und bat ihn meine Eile zu entschuldigen, da ich einen dringenden Anschlusstermin wahrzunehmen hätte.

Ich nutze den Stau am Ausgang, mich hinter parkenden Autos in Sicherheit zu bringen.

Am nächsten Tag rief ich Mechthild an, um mich für ihre reaktionsschnelle Hilfe zu bedanken, aber auch um mit ihr, das, durch diese Situation offen zu Tage getretene Risiko als falsche Trauergäste enttarnt zu werden, zu erörtern.

Wir kamen überein in ihrer Wohnung ein Strategietreffen abzuhalten. Es schien uns geboten, Maßnahmen zu ergreifen, um auf derartige Situationen besser vorbereitet zu sein, bzw. Möglichkeiten zu ersinnen sie überhaupt zu vermeiden.

Es wurde eine sehr konstruktive Sitzung in Mechthilds gemütlicher Zweizimmerwohnung.

Wir beschlossen als erstes einen Zeitplan.

Nicht öfter als einmal in der Woche sollte zukünftig eine Aktion stattfinden. Mit dieser Regelung nahmen wir zum einen Rücksicht auf diejenigen von uns, die Familie hatten und zum anderen mussten aber auch Zeiten für die Reinigung der Trauerkleidung und für andere Dinge, die in der Woche liegen geblieben waren eingeplant werden. Gesundheitliche Bedenken spielten in der Diskussion keine Rolle, obwohl ein guter Beobachter feststellen konnte, dass unsere Trauerkleidung die Körperformen mittlerweile zu sehr betonte.

In den Sommerferien wollten wir eine Pause einlegen, weil Carmen ihren schulpflichtigen Enkelkindern versprochen hatte mit ihnen an die See zu verreisen.

Um die Gefahr zu mindern von irgendjemanden erkannt zu werden und somit unangenehmen Fragen ausgesetzt zu sein, fassten wir den einstimmigen Beschluss nur noch

Trauerfeiern in anderen Städten zu besuchen. Das Risiko konnte damit stark heruntergesetzt werden. Auch würden wir einen, wenn auch späten Beitrag, zur Heimatkunde leisten, meinte Wolfgang.

Zum Schluss wählten wir Mechthild ganz offiziell zu unserer Präsidentin, und ich sollte das Amt eines Schatzmeisters übernehmen, denn ab jetzt fielen Kosten für auswärtige Zeitungen und Bahnfahrten an.

Eine überschlägliche Kosten-Nutzenrechnung zeigte bei einem Aktionsradius von etwa einhundertzehn Kilometern ein immer noch annehmbares Ergebnis.

Nach knapp drei erlebnisreichen, durchaus auch lehrreichen Jahren, Carmen konnte als eingefleischte Atheistin jetzt das Vaterunser auswendig, hatten wir fast alle Kirchen und die beliebtesten Gaststätten für gesellschaftliche Anlässe im Umkreis von einhundert Kilometern kennengelernt.

Zwei Tage nach Oster Montag, kurz vor einer der kulinarisch aussichtsreichsten Trauerfeiern in einer nahen gelegenen Kleinstadt, wurde Mechthild diskret von einem Beerdigungsinstitut aus ihrer Wohnung gebracht. Sie war einem plötzlichen aber zweifellos schmerzfreien Tod durch Herzversagen erlegen.

Das Gefühl durch eine Höhere Macht bestraft worden zu sein machte sich bei allen breit, selbst bei Carmen. Hinzu kam die Trauer über den Verlust unserer Präsidentin und geistigen Mutter.

Meinen Vorschlag, uns ein letztes Mal bei der Trauerfeier nach Mechthilds Beisetzung zu treffen, lehnten die anderen

Vier ab, weil sie es ethisch für fragwürdig hielten und emotional nicht aushalten würden.

Wir hatten uns auch nichts mehr zu erzählen.

***

Der Tubist

Weshalb ich ihn überhaupt kennenlernen wollte, weiß ich nicht mehr. Ich folgte einfach einem inneren Drang.

Er hatte irgendetwas Faszinierendes an sich. Es war nicht sein ungepflegtes Äußeres. Nicht die ungebändigte Haarpracht, die seinen Kopf doppelt so groß aussehen ließ. Auch nicht der wilde Vollbart oder seine schlampige Kleidung.

Nein, es waren die Augen, die diese Faszination ausstrahlten.

Als er sich im Kino umdrehte und mich anschaute, obwohl ich keinen Anlass dazu gegeben hatte, blickte ich in zwei irrsinnig hellblaue Augen, in denen sich Unmut und Amüsiertheit gleichermaßen spiegelten.

Anlass seines Umdrehens war mein Sitznachbar. Der fragte plötzlich mitten in die Stille einer Liebesszene mit ziemlich lauter Flüsterstimme:

„He, haben Sie gerade einen ziehen lassen?" und tippte dem Mann mit dem übergroßen Haarschopf vor ihm auf die Schulter.

Der Angetippte drehte sich scheinbar unbeeindruckt mit den Worten um: „Ja. Warum?"

Die Lautstärke war um einiges höher als die des Fragenden, was Unmutsäußerungen auslöste wie: „Pssst!" „Schnauze!" „Ruhe!"

Manche lachten laut, einige kicherten in sich hinein.

Ich saß ganz außen in der Reihe und roch es jetzt auch. Gehört hatte ich nichts. Als ein schwergewichtiger Mann des

Sicherheitsdienstes erschien und leise fragte, was hier los sei, stand ich auf und verließ das Kino. Den Film hatte ich sowieso schon einmal gesehen.

Draußen zündete ich mir gerade eine Zigarette an, unschlüssig was ich mit dem Abend jetzt anfangen sollte, als er plötzlich neben mir stand. Er zog ein Päckchen Zigaretten unter seinem Pullover hervor und bat mich um Feuer.

Grinsend reichte ich ihm mein Feuerzeug.

„Hat man Sie rausgeworfen?"

„Kann man so sagen. Sind doch alles unmusikalische Proleten!"

Unmusikalisch sagte mir nichts aber ich fragte mich, wer sich wohl wie ein Prolet da drinnen benommen hatte und sagte vage: „Na ja."

Er blitzte mich mit seinen irrsinnig hellblauen Augen amüsiert an, verlagerte fast unmerklich das Gewicht leicht auf die rechte Seite und ließ einen langgezogenen knatternden Furz fahren.

Erschrocken trat ich einen Schritt weg von ihm.

Er grinste mich an. „Keine Angst. Ich kann es erklären."

Ich wusste zwar nicht, was er mir erklären wollte, wurde aber neugierig und zeigte auf die andere Straßenseite. „Na gut, wie Sie meinen. Da drüben ist ein Imbissstand. Wenn Sie zwei Schritte hinter mir bleiben lade ich Sie zum Bier ein."

Ohne zu antworten marschierte er los. Wenn er so weitermacht mit dem Furzen, dachte ich, wird der Abend mit einem blauen Auge enden und war froh, dass draußen vor der Imbissbude keiner der Tische besetzt war.

Ich holte zwei Dosen Bier und stellte ihm eine davon auf den Bistrotisch.

„Ich höre." nickte ich ihm zu und nahm einen Schluck aus meiner Bierdose. Er trank ebenfalls von seinem Bier bevor er mich fragte.

„Wissen Sie wie eine Tuba funktioniert?"

„Nein."

„Ich bin Tubist und erkläre es Ihnen. Eine Tuba ist das Blasinstrument mit den tiefsten Tönen. Meine Tuba hat drei Ventile. Eine Kontrabasstuba. Eine Tuba ist ein Bassinstrument und zählt zu den Bügelhörnern. Verstehen Sie?"

„Nein"

„Man, Sie können mit so einem Instrument ganz tiefe aber auch hohe Töne blasen. Verstehen Sie immer noch nicht?"

„Nein"

Seine irrsinnig hellblauen Augen schauten mich mitleidig an. Dann verlagerte er sein Gewicht fast unmerklich auf die rechte Seite und dröhnte einen tief klingenden Furz in die abendliche Stille. Bevor ich protestieren konnte packte er mich an beiden Schultern und bat mich um einen Augenblick Geduld. Dann verlagerte er sein Gewicht fast unmerklich auf die linke Seite und heraus kam ein langgezogener hellklingender Pups.

„Na, klingelt es jetzt bei Ihnen?"

„Nein. Ich rufe Ihnen aber gerne einen Krankenwagen, bevor die Blähungen Sie umbringen."

„Sie sind also auch so ein unmusikalischer Prolet." Er nahm einen Schluck Bier und sah dann beleidigt oder auch nur enttäuscht hilfesuchend in den Abendhimmel.

„Unmusikalisch? Wieso unmusikalisch?" fragte ich stirnrunzelnd.

„Sind Sie so schwer von Begriff oder tun Sie nur so?"

„Ich bin es."

„Also, ich habe Ihnen erklärt, dass man mit einer Tuba, die drei Ventile hat, ganz tiefe aber auch hohe Töne blasen kann. Ein Schließmuskel ist nichts anderes als ein Ventil. Man kann ihn wie ein Ventil schließen, dann kommt nichts heraus, oder man kann ihn öffnen dann kommen Töne heraus, wenn Luft entweicht. Ein Schließmuskel ersetzt praktisch die drei Ventile, weil Sie den Luftdurchgang je nach Öffnungsweite steuern können. Ich werde als erster Künstler den Schließmuskel so steuern können, dass ich eine Melodie furzen kann."

„Das habe ich verstanden" grinste ich ihn an. „dann müssen Sie nur einen Konzertsaal finden mit ganz besonders guter Lüftung, damit die Zuhörer wenigstens bis zur Pause bleiben. Im Übrigen habe ich Ihnen das Bier nicht spendiert, um mich verarschen zu lassen."

„Ich verarsche Sie nicht. Glauben Sie mir. Sie haben ja gehört, die Tonhöhen und –tiefen kriege ich schon ganz gut hin. Die größte Schwierigkeit besteht darin für eine konstante Luftzufuhr zu sorgen, damit man unterschiedliche Töne so schnell hintereinander furzen kann, dass es eine Melodie wird."

„Man, Sie meinen das wirklich ernst, was?"

„Natürlich."

„Und warum üben Sie nicht zu Hause? Oder an einem Ort wo Sie niemanden belästigen?"

„Mach ich ja. Aber ich muss auch vor Publikum üben. Ich leide furchtbar unter Lampenfieber und das bekomme ich nur durch viele Auftritte vor mehreren Menschen in den Griff."

„So wie eben im Kino?"

„Ja. Wollen Sie noch ein Bier?"

„Nein. Dann war das da drinnen also der Versuch eines Decrescendo?"

„Ja, leise Töne sind besonders schwierig. Manchmal gehe ich zum Üben in den Hauptbahnhof. Immer auf den Bahnsteig, wo die Regionalzüge halten. Da ist ständig wechselndes Publikum. Die Menschen warten immer nur kurz, und bevor sich einer richtig aufregt, muss er einsteigen, um den Zug nicht zu versäumen."

Ungläubig starrte ich ihn an. Ich stellte mir vor, wie er auf dem Bahnsteig steht, viele Reisende um ihn herum und er ihnen zum Abschied ‚*Muss i denn zum Städtele hinaus'* vorfurzt.

Auf der anderen Straßenseite war die Vorstellung im Kino zu Ende. Die Menschen strömten jetzt nach draußen. Ich befürchtete Schlimmes, wenn er weiter üben würde.

„Vielleicht sehen wir uns mal auf dem Bahnsteig für Regionalzüge. Machen Sie es gut. Sie haben sicher gleich hinreichend Gelegenheit Ihr Lampenfieber zu besiegen." verabschiedete ich mich.

Ich entfernte mich eilig, denn eine Gruppe junger Männer näherte sich der Imbissbude.

Obwohl ich jetzt immer Regionalzüge bevorzuge, habe ich den Tubisten nie wieder getroffen.

***

Ausgelost

Nachdem die Gastgeberin erläutert hatte, dass sich die Tischordnung zufällig, also per Los ergeben hätte, wurden alle Gäste in ein großes Zelt gebeten. Ich begab mich zu dem mir zugewiesenen Tisch Nr. 13 und wartete gespannt, wer sich zu mir setzen würde. Es gab nur Zweiertische. Die Gastgeberin, eine gewisse Madame La Petite, bezweckte damit, dass intensive Gespräche geführt werden konnten und sollten.

Madame La Petite war kleinwüchsig, und es war nicht ihr richtiger Name. Sie hatte sich diesen Namen zugelegt, weil ihr Vater sie liebevoll einmal so genannt hatte. Sie selber sprach überhaupt kein Wort Französisch. Nicht einmal auf eine französische Brieffreundschaft während ihrer Schulzeit konnte sie verweisen.

Der Vater, einst ein berühmter schottischer Clown namens John Mac Lee, starb auf tragische Weise in der Circus Manege als sie noch ein Kind war und Katherine Mac Lee hieß. Er wollte gerade seinen Auftritt mit der zwölfjährigen Katherine beenden, als ein durchgeknallter Elefantenbulle hereintrabte und den von zwei Hängebauchschweinen gezogenen Kinderwagen, in dem die beiden Akteure noch den Schlussapplaus entgegennahmen, meterhoch in die Luft schleuderte. Seine Tochter verlor nach dieser Attacke beide Beine und er sein Leben. Das ansehnliche Vermögen, welches der Vater hinterließ, half Katherine den Schmerz zu überwinden und sich die besten Prothesen, die der Markt zu bieten hatte, anfertigen zu lassen.

Als Volljährige verließ sie Großbritannien auf Nimmerwiedersehen. Sie behauptet, nun in der Nähe einer deutschen

Kleinstadt lebend, der französische Artikel „La" sei ihr Vorname und eine Kurzform von Larissa.

Das Zelt füllte sich langsam mit den achtzig geladenen Gästen, die an den nummerierten Tischen Platz nahmen. Ich setzte mich auch.

Es war ein Kuriosum, das sich hier versammelte. Alles Menschen, die von Geburt an missgebildet waren, die wie unsere Gastgeberin durch einen Unfall irgendwelche Extremitäten verloren hatten oder andere Anomalien aufwiesen.

Ein Panoptikum menschlicher Verunstaltungen. ‚Geisterbahntreffen' wurde die Einladung von der Presse auch genannt.

Madame La Petite kam über 136 Zentimeter nicht hinaus. Damit blieb sie deutlich unter den 140 Zentimetern, die als Grenzwert der Kleinwüchsigkeit für Frauen anerkannt werden.

Ich selber war nur um wenige Zentimeter der Mikrosomie entwachsen, was viele Menschen aber nicht davon abhielt mich hinter vorgehaltener Hand als Zwerg zu bezeichnen.

Madame La Petite und ich pflegten seit vielen Jahren eine freundschaftliche Beziehung.

Die meisten der Anwesenden hatte ich schon früher bei den jährlichen Treffen gesehen. Der jetzt an meinen Tisch kam, musste neu auf der Gästeliste sein. Ein Riese von Mensch, der mit eingezogenem Kopf und krummer Haltung vor mir stand.

„Lamron" stellte er sich vor.

„Gottfried" erwiderte ich und deutete eine Verbeugung an. Es war ungeschriebenes Gesetz sich nur beim Vornamen zu nennen.

Ich war enttäuscht. Ausgerechnet ich, der ich so gerade eben die männliche Kleinwüchsigkeitsgrenze von 1,50 Meter um drei Zentimeter überwunden hatte, sollte den ganzen Abend mit diesem Riesen verbringen.

Als Hugo vorbeikam, machte ich den Versuch ihn aufzuhalten. Ich wollte ihn bitten den Platz mit mir zu tauschen. Hugo war normalwüchsig. Die Körpergröße wurde in seinem Pass mit stattlichen 1,84 Metern angegeben. Aber er hatte es eilig und beließ es bei einem flüchtigen „Hallo." Hugo besaß einen kleinen Friseursalon, in den sich kaum noch ein Kunde hineinwagte. Das allein war natürlich kein Grund auf der handverlesenen Gästeliste von Madame La Petite einen Platz zu belegen.

Das Besondere an Hugo war seine rechte Hand. Als junger Soldat wurde ihm noch in den letzten Kriegstagen die rechte Hand zerschossen. Ein Chirurg im Feldlazarett an der Westfront hatte alle Finger wieder angenäht, aber irgendwie die Nervenstränge falsch zusammengebracht. Wenn Hugo etwas zusammendrücken wollte, ging sein Daumen nicht zu dem Gegenstand hin, sondern von ihm weg. Die Schere beim Haarschneiden ging also auf, wenn er schneiden wollte und nicht zu.

In neunzig Prozent aller Tätigkeiten, die er mit der rechten Hand ausführte, hatte Hugo das Problem ganz gut im Griff. Er dachte einfach „aufmachen" und die Schere ging zu oder „loslassen" wenn er etwas festhalten wollte. Oder eben umgekehrt. Aber immer klappte das nicht. Schon gar nicht wenn etwas schnell gehen sollte oder ihm die nötige Konzentration fehlte.

Kunden, die ihn nicht kannten und ihn während der Rasur oder beim Haarschneiden in ein Gespräch verwickelten, verließen häufig mit Pflastern im Gesicht oder am Ohr den Salon. So etwas sprach sich herum und bald kam niemand mehr. Aber da Hugo nichts anderes als Haarschneiden und Rasieren gelernt hatte und sich auch keinen Angestellten leisten konnte, sperrte er weiterhin jeden Morgen pünktlich den Laden auf, fegte gewohnheitsmäßig mittags und abends um den nicht benutzten Friseurstuhl herum und ging um 18.00 Uhr nach Hause. Bis vor ein paar Monaten hatte auch ich mir, trotz der sich häufenden kleinen Verletzungen, von Hugo die Haare schneiden lassen.

Der Riese Lamron hatte seinen Stuhl vom Tisch weggeschoben und sich gesetzt. Seine Knie ragten links und rechts über die Tischhöhe hinaus.

Wenn ich mich mit ihm unterhalten wollte müsste ich meinen Kopf weit in den Nacken legen, um ihm ins Gesicht zu sehen. Das würde sehr anstrengend sein. Ich beschloss, überhaupt kein Gespräch mit ihm anzufangen.

Das brauchte ich auch gar nicht, denn Lamron begann ohne Einleitung und völlig unbefangen über das Thema zu plaudern, was uns beide schicksalhaft mit einander verband.

„Wenn man ein kleinwüchsiges Kind mit einem Wachstumshormon behandelt bevor die Epiphysen Fugen geschlossen sind, kann es ein fast normales Längenwachstum erreichen. – Wenn man ein normalwüchsiges Kind mit dem gleichen Wachstumshormon behandelt, kann ein Riese heranwachsen." dozierte er.

„Hm" machte ich ohne hoch zu sehen.

„Umgekehrt geht es leider nicht."

„Aha"

„Man kann das Wachstum nicht einfach so drosseln. Vielleicht ein bisschen – mit irgendwelchen Hormontherapien."

„Hm"

„Für Zwerge und Riesen bleibt nur der Circus."

„Aha"

„Mein Vater wollte, dass ich mal ein guter Basketball Spieler werde. Man hat mich als Kind deshalb mit Somatropin behandelt."

„Aha"

„Obwohl ich normalwüchsig war."

„Hm"

„Der Arzt muss ein Idiot gewesen sein. Ich habe das Zeug in viel zu hohen Dosen bekommen."

„Damit unterscheiden Sie sich von Obelisk."

„Wie bitte?"

„Der ist als Kind versehentlich in den Zaubertrank gefallen. Sie ja wohl absichtlich." klärte ich ihn auf.

Lamron lächelte. Ich vermochte dieses Lächeln nicht zu deuten. Möglich, dass es ein Verlegenheitslächeln war, weil er noch nie etwas von Asterix und Obelisk gehört oder gelesen hatte.

„Jetzt bin ich 2,32 Meter groß." nahm er den Gesprächsfaden wieder auf „Abgesehen von Rückenproblemen, mit denen ich gar nicht spielen könnte, finde ich Basketball auch doof."

„Aha"

„Warum sagen Sie immer nur ‚hm' oder ‚aha?"

„Weil ich nicht zu Ihnen hochschauen will. Ich würde Kopfschmerzen bekommen."

„Oh, das tut mir leid"

„Außerdem kenne ich das alles, was Sie gerade über Wachstumshormone erzählt haben."

Lamron schaute auf mich herunter. „Sind Sie Arzt?"

„Nein"

Er überlegte eine ganze Weile bevor er weitersprach.

„Sie haben die eigentliche Botschaft nicht begriffen."

„Aha"

„Sie haben nicht begriffen, dass ich ein künstlicher Mensch bin. Ich bin keine Missgeburt. Ich wurde gezüchtet. Meine Eltern wollten einen super Basketballspieler aus mir machen. Athletisch gebaut, 2,10 Meter groß. Ich bin das Ergebnis eines fehlgeschlagenen Versuchs. Ist es legitim Designermenschen produzieren zu wollen?

Seine Stimme klang niedergeschlagen und als ich erstaunt zu ihm hochsah, bemerkte ich Tränen in seinen Augen. Plötzlich tat er mir leid.

„Mein Gott, Lamron, nun seien Sie nicht traurig. Sie können Ihre Körpermaße nicht ändern, ob die nun durch Genmanipulation oder wegen eines Gendefektes von Geburt an zustande gekommen sind. – Sehen Sie mich an. Zu meiner Kindheit gab es noch kein Somatropin. – Vielleicht wäre ich sonst normalwüchsig geworden."

Lamron beugte sich vor, umfasste mich mit seinen Riesenpranken und hob mich mit ausgestreckten Armen wie eine Puppe hoch, um meinen Kopf an seine Wange zu drücken.

Mir wurde schwindelig in der Höhe, und ich bat ihn mich wieder runter zu setzen. Er stellte mich lächelnd auf den Tisch. Ich reichte ihm bis an sein Kinn.

Während Lamron sich die Tränen aus dem Gesicht wischte, kletterte ich schnell wieder auf meinen Stuhl.

Trotz seines Lächelns spürte ich Traurigkeit bei ihm, als er fragte:

„Sie haben Angst vor mir, nicht wahr?"

„Nein"

„Warum bleiben Sie dann nicht auf dem Tisch stehen, damit Sie keine Kopfschmerzen bekommen, wenn wir uns unterhalten?"

„Weil ich nicht will."

„Und warum nicht?"

„Weil ich schon Kopfschmerzen habe." Ich wurde wieder ärgerlich.

„Ich könnte Ihnen den Nacken massieren. Meistens hilft das gegen Kopfweh."

„Nein" schrie ich ihn an. „Lassen Sie mich in Ruhe, verdammt noch mal."

„Sie sind gereizt, weil ich Ihnen etwas Gutes tun möchte. – Das ist nicht normal."

„Nein, normal ist das nicht. Aber Sie sind auch unnormal, wenn Sie nicht begreifen, dass ich in Ruhe gelassen werden will."

Lamron verzog das Gesicht, als hätte er auf eine Zitronenscheibe gebissen.

Langsam erhob er sich von seinem Stuhl. Und zwar zu seiner vollen imponierenden Größe von 2,32 Meter. Als er ganz aufgerichtet war, stieß sein Kopf gegen eine Zeltstange.

Wütend griff er nach oben. Ein trockenes Knacken, und die Zeltstange war eingeknickt. Die herunterfallende Plane wickelte sich wie ein arabischer Hidschab um seinen Kopf und die Schultern.

Ich ahnte was kommen würde und kroch blitzschnell unter den Tisch.

Lamron zerrte an der Zeltplane bis das gesamte Gestänge unter dem Geschrei der flüchtenden Gäste nachgab und das Zelt in sich zusammenfiel.

Während der Riese mit Plane und Zeltstangen kämpfte, robbte ich flink unter den noch stehen gebliebenen Tischen nach draußen und brachte mich auf der obersten Stufe zur Terrasse in Sicherheit.

Die Zeltplane wogte auf und ab durch die darunter stattfindenden Befreiungsversuche der Gäste, die es nicht rechtzeitig geschafft hatten zu entkommen. Es sah von hier oben aus, wie die Dünung eines vom Sturm bewegten Meeres.

Madame La Petite stand plötzlich neben mir. Sie schüttelte immer wieder den Kopf und murmelte jedes Mal „Oh, mein Gott"

Ich nahm die Gelegenheit wahr, mich bei ihr für die Einladung und den netten Abend zu bedanken und ging Richtung Ausgang. Sie rief mich zurück.

„Gottfried, was um alles in der Welt, war denn mit Lamron los?"

„Er ist plötzlich durchgedreht. Sein Nervenkostüm lag allerdings vorher schon blank."

„Wie meinen Sie das?"

„Nun, er war sehr emotional. Klagte die ganze Menschheit an, weil sie Genmanipulation zulasse, weinte vor Rührung als ich ihm Trost zusprach und meinte es wäre nicht normal, weil ich seine Hilfe gegen Kopfweh nicht in Anspruch nehmen wolle. Ich reagierte verärgert und sagte, dass ein Aufdrängen von Hilfe erst recht nicht normal sei."

„Haben Sie ihm das so gesagt?"

„Ja."

„Ach so!"

„Was heißt das?"

Madame La Petite sah mich vorwurfsvoll an.

„Haben Sie sich nicht über den Vornamen ‚Lamron' gewundert?"

„Nein"

„Lesen Sie ihn mal rückwärts. – Normal!! – Lamron hat sich den Namen selbst ausgesucht. Er möchte um alles in der Welt, trotz seiner Übergröße, als normal gelten. Sowie das Wort unnormal, auf seine Person bezogen fällt, flippt er aus."

„Normal! – Mein Gott, was ist denn normal? Ist es etwa normal, Individuen nach metrologischen Vergleichswerten zu beurteilen? - Tut mir leid."

„Vielleicht streiche ich ihn von der Gästeliste" beendete Madame La Petite lakonisch das Gespräch und eilte jemanden zur Hilfe, der seine Armprothese nicht finden konnte.

Ein letzter Blick auf das noch immer wogende Meer erinnerte mich daran, dass ich meinem Freund, der als Kapitän auf einem Kreuzfahrtschiff fuhr, noch zum Geburtstag gratulieren musste.

Der plötzliche Abbruch des Festes kam dieser Pflicht entgegen. Ich verließ ohne weiteren Abschiedsgruß eilig das Haus der Gastgeberin. Unterwegs machte ich einen Knoten in mein Taschentuch. Ich durfte nicht vergessen Madame La Petite zu sagen, dass die Auslosung der Tischordnung nicht empfehlenswert sei.

***

Die Wette

Der Mann, den ich erst bemerkte, als er schon an meinen Tisch getreten war, entledigte sich seines schwarzen Staubmantels, während er mich fragte, ob er sich zu mir setzen dürfe. Den Hut hatte er bereits auf dem freien Stuhl abgelegt, ohne meine Zustimmung abzuwarten. Seine Stimme klang kultiviert und höflich. Ich schaute mich um, und da alle Tische in der Gaststube besetzt waren, signalisierte ich mit knapper Andeutung eines Kopfnickens mein Einverständnis.

Ich zog das Glas Bier näher zu mir und schob den Teller mit den kläglichen Resten meines Abendessens zur Seite. Von den viel zu fetten Bratkartoffeln hatte ich kaum gegessen. Sie waren eine Zumutung, und die Spiegeleier waren nicht durchgebraten. Das große welke Salatblatt, auf dem die zwei winzigen Stückchen einer roten Paprika aussahen wie Emigranten in einer leeren Bahnhofshalle und die zwei dünnen Gurkenstreifen hatte ich erst gar nicht angerührt.

Meine Laune befand sich auf einem Tiefpunkt. Schlecht war sie allerdings schon vorher, denn der heutige Prozesstag war recht unerfreulich gewesen.

Ich verspürte also wenig Lust mich zu unterhalten. Schon gar nicht mit einem Fremden.

Dieser hatte seinen Mantel auf den Stuhl geworfen und mir gegenüber Platz genommen.

Ich schaute an ihm vorbei und versuchte Blickkontakt mit der Serviererin herzustellen. Ein Aquavit würde mir guttun.

Der Mann studierte die Speisekarte ohne sich um mich zu kümmern und bestellte dann bei der herbeigeeilten Bedienung ebenfalls Bratkartoffeln mit Spiegelei. Ich hätte ihn warnen können – vielleicht sogar sollen - was ich aber nicht tat. Stattdessen registrierte ich eine gewisse vorauseilende Schadenfreude, die meine Laune merklich verbesserte.

Eigentlich bin ich sonst nicht schadenfroh und würde bei einer besseren Stimmungslage eine entsprechende Bemerkung von mir gegeben haben. Aber dieser Mann hatte sich unaufgefordert an meinen Tisch gesetzt, und fette Bratkartoffeln mit halb durchgebratenen Spiegeleiern waren dafür eine angemessene Strafe, fandich.

Der Jubiläumsaquavit, der mir gebracht wurde und die Vorfreude auf das enttäuschte Gesicht meines Gegenübers, ließen mein Stimmungsbarometer steigen.

Aber als sein Essen kam, schob er den Teller einfach beiseite, ohne es anzurühren.

Stattdessen beugte er sich etwas vor zu mir und fragte ob ich bereit wäre mit ihm eine Wette abzuschließen.

Verdutzt sah ich ihn an. Er schien von einer Beerdigung zu kommen, denn er trug einen schwarzen modernen Anzug. Der schwarze Binder saß exakt in Kragenmitte seines schneeweißen Hemdes und überhaupt machte er einen seriösen und auch eleganten Eindruck.

Ich gebe zu, dass ich etwas von einem Spieler in mir habe. Jedenfalls behaupten das einige meiner Freunde.

Bei Wetten blieb ich jedoch stets vorsichtig.

Bemüht möglichst distanziert zu erscheinen, aber doch neugierig geworden, fragte ich ihn um was es bei der Wette denn gehen solle.

Es sei eine ganz einfache Geschichte erklärte er mit seiner höflichen kultivierten Stimme.

„Ich stelle Ihnen drei Fragen und wette, dass Sie nicht eine davon richtig beantworten. Für jede falsche Antwort zahlen Sie mir 10 Euro und für jede richtige gebe ich Ihnen 100 Euro.

Das hörte sich gut an und als Berufsrichter überlegte ich mir sofort die rechtlichen Konsequenzen so einer Wette, falls er Schwierigkeiten beim Bezahlen machen würde.

Er schien meine Bedenken zu ahnen. Lächelnd holte er aus seiner Brusttasche ein Bündel Geldnoten hervor, zeigte es mir kurz und ließ es wieder in der Tasche verschwinden.

Nun war noch die Frage zu klären worin sein Vorteil bestand, denn er konnte 300 Euro und ich nur 30 Euro verlieren. Ich fragte danach, aber er gab eine ausweichende Antwort. Es sei seine Sache, was er mit seinem Geld anfange. - Da hatte er recht.

Um was für Fragen es sich handeln würde, wollte ich weiter von ihm wissen, denn von Naturwissenschaften hätte ich kaum Ahnung.

Es sind Fragen allgemeiner Art und er gehe davon aus, dass ich ein gebildeter Mensch sei. Eine Frage sei allerdings schon ein wenig speziell, denn weitläufig hätte sie etwas mit der deutschen Rechtsprechung zu tun.

Als ich das Wort Rechtsprechung hörte, erhöhte sich mein Adrenalinspiegel. Mein Gegenüber konnte ja nicht wissen, dass ich meine Kröten als Staatsbeamter bei Gericht verdiene und sich mein Risiko bei solch einer Frage natürlich verringerte.

Wenn ich nur eine der drei Fragen beantworten konnte, hätte ich schon 80 Euro verdient.

„Gut, abgemacht", erwiderte ich.

Der Mann stand auf und bot mir förmlich zum Besiegeln unserer Abmachung seine Rechte. Ich schlug ein und wartete gespannt auf die erste Frage.

Während er auf die noch nicht weggeräumten Bratkartoffeln seines Abendbrotes schaute, fragte er:

„Wie ist der lateinische Name für die Kartoffelpflanze?"

„Solanum tuberosum." Ich brauchte nicht lange zu überlegen, denn ich hatte es gerade erst in der Speisekarte als Vorbemerkung zu den Bratkartoffelgerichten gelesen.

Er griff in die Seitentasche seiner Anzugsjacke und schob mir wortlos 100 Euro zu.

Dann sah er suchend zur Decke und schien dort die zweite Frage gefunden zu haben.

„Wer erfand die Glühbirne?"

Das war nun wirklich leicht. Zu leicht fand ich und spürte ein gewisses Kribbeln in der Magengegend.

Trotzdem sagte ich: „Edison, Thomas Edison"

Er verzog keine Miene als er mir 100 Euro herüberreichte.

„Nun die letzte Frage: wer war der erste deutsche Justizminister nach dem zweiten Weltkrieg?"

„Dr. Thomas Dehler, 1949 bis 53." Meine Antwort kam wie aus der Pistole geschossen.

Der schwarz gekleidete Mann griff unbeeindruckt in die Seitentasche, zählte 100 Euro ab und gab mir wortlos das Geld.

Er setzte sich ein wenig seitwärts zum Tisch, angelte sich seinen Staubmantel und Hut und winkte der Bedienung.

„Nein, nein, lassen Sie nur. Ich übernehme Ihre Rechnung."

Ich fand das war das wenigste, was ich als Revanche für diese kuriose Wette ihm anbieten sollte.

Er drehte sich wieder um. „Vielen Dank. Gestatten Sie mir, dass ich dafür eine Runde Aquavit übernehme?"

Wir tranken seine Runde Jubiläumsaquavit, dann meine, dann sein, meine, seine und so weiter. Ich merkte wie mir der Alkohol zu Kopfe stieg.

„Würden Sie mir die Chance geben, mein Geld zurück zu gewinnen?" Der Schwarzgekleidete konnte den Schnaps besser verkraften als ich, denn seine Stimme blieb unverändert höflich und kultiviert.

„Ehrensache!" erwiderte ich mit schwerer Zunge.

„Gut. Ich wette mit Ihnen um 1.000 Euro, dass Sie sich nicht trauen, der Dame, die dort an der Theke steht, einen kräftigen Klaps auf den Po zu geben."

Dass mich dieses Wettangebot verwirrte, wundert wohl niemanden.

Er muss verrückt sein oder Millionär oder beides, überlegte ich. Aber in meiner augenblicklichen Verfassung, hätte ich jede Herausforderung angenommen.

Ich schaffte es, mich durch den Alkoholnebel zu kämpfen und als erstes den Weg abzuschätzen, wie ich einigermaßen sicheren Schrittes bis zur Theke kommen könnte.

Dann wollte ich wissen, ob er überhaupt und wenn ja, warum er soviel Geld mit sich herumtrüge. Sofort zeigte er mir zwei fünfhundert Euro Banknoten und erklärte wie vorhin, dass es seine Sache wäre, wie viel Geld er bei sich habe. Beleidigt schien er nicht zu sein.

Ob das Geld denn überhaupt echt sei, fragte ich vorsichtig und schämte mich ein wenig wegen meines Mistrauens. Immerhin hatte er mindestens fünf Runden Aquavit spendiert.

„Selbstverständlich", erwiderte er emotionslos und bot an, es vom Wirt überprüfen zu lassen, was ich meinerseits natürlich sofort mit großer Geste ablehnte.

Ich stand auf, hielt mich aber noch am Tisch fest, falls meine Gleichgewichtsorgane nicht so richtig mitspielen wollten und reichte ihm meine Rechte zum Zeichen, dass ich mit der Wette einverstanden sei.

Auch er erhob sich und schlug ein.

Meine ganze Willenskraft aufbringend steuerte ich auf die Theke zu und gab der Dame einen kräftigen Klaps auf ihren Allerwertesten.

Obwohl ich durch den Einfluss des Alkohols nicht allzu sicher auf meinen Beinen war, hätte die Ohrfeige, die mich auf das Parkett schickte, auch jeden anderen zu Boden gehen lassen.

Der Schwarzgekleidete eilte herbei und half mir beim Aufstehen. Andere Gäste nahmen von dem Zwischenfall so gut wie keine Notiz, in der Annahme ich sei auf dem glatten Fußboden ausgerutscht.

Die Dame, deren fünf Finger schmerzhafte Streifen auf meiner Wange hinterlassen hatten, kramte aus ihrer Handtasche einen verschlossenen Briefumschlag und gab ihn dem Schwarzgekleideten. Der öffnete das Kuvert und entnahm ihm zehn fünfhundert Euro Scheine. Zwei davon hielt er mir hin, und als ich vor Staunen nicht sofort zugriff, stopfte er sie in meine Brusttasche.

Ernüchtert fragte ich ihn, was hier vor sich geht.

„Die Dame hat nur ihre Wettschulden bezahlt" erklärte mir der Mann. „Ich habe mit ihr um fünftausend Euro gewettet, dass sie noch heute die Möglichkeit erhält, Ihnen eine Ohrfeige zu verpassen, ohne Gefahr zu laufen dafür bestraft zu werden."

Auf meine verdutzte Frage hin, woher das Bedürfnis der Frau käme, mich ungestraft zu ohrfeigen, lachte er freudlos auf und stellte mir die Gegenfrage, ob ich mir das nicht denken könne.

Nein, beim besten Willen konnte ich mir das nicht erklären, weshalb jemand fünftausend Euro für eine Ohrfeige ausgibt.

„Sie haben heute Vormittag ihren Mann zu zwei Jahren Gefängnis verurteilt, weil er eine Bank überfallen hatte."

„Richtig, aber nur weil er nicht sagen wollte, wo er die erbeuteten zehntausend Euro versteckt hält. Die Rückgabe des Geldes hätte sich strafmildernd ausgewirkt, und wenn er den Namen seines Komplizen mit der Beinprothese verraten hätte, wäre er mit Bewährung davongekommen", ereiferte ich mich, ganz wieder in der Rolle des Richters.

Der Schwarzgekleidete grinste mich mitleidig an bevor er sich umdrehte und langsamen Schrittes dem Ausgang zustrebte.

Erst jetzt bemerkte ich, dass er merkwürdig steif das linke Bein nachzog.

**

Carla

Diese Geschichte ist so unglaublich, dass ich immer noch eine Gänsehaut bekomme, wenn ich nur allein daran denke. Kein Mensch wird sie mir glauben. Alle werden sagen ich hätte sie erfunden. Aber ich schwöre, so etwas kann man gar nicht erfinden, so etwas kann man nur wirklich erleben.

Ich saß an einem Nachmittag im September auf einer klobigen Holzbank am Rande eines Wanderweges und hatte das Buch, in dem ich gelesen hatte, zur Seite gelegt, um mit geschlossenen Augen die wärmenden Sonnenstrahlen des herrlichen Spätherbsttages zu genießen.

Der Wanderweg führt durch einen Wald mit riesig großen Buchen. Zum Waldrand hin beginnt eine Lichtung mit einem Tümpel in der Mitte, vielen Binsen und hohem Gras.

Dort steht die Bank etwas erhöht, so dass man die Lichtung gut überschauen und beobachten kann, wie das Gras sich ab und zu bewegt, wenn irgendein Tier zum Trinken an das Wasser schleicht.

Ich sitze öfter auf dieser Bank, weil die Stelle nicht weit weg ist und nur ganz selten jemand diesen Weg benutzt. Man kann also lesen, nachdenken und manchmal sogar ein kleines Schläfchen machen, ohne dass man gestört wird.

Auf dieser Bank saß ich als es passierte.

Meinen Kopf hatte ich nach hinten auf der Bankrückenlehne abgestützt, so dass mein Gesicht voll der Sonne zugewandt war. Ein Vorbeikommender musste denken ich schaue in den Himmel, und ich glaube, ich war ein wenig eingenickt.

Plötzlich zupfte mich etwas am Hemdsärmel. Ich fuhr mit der Hand am Arm hoch, weil ich im Halbschlaf dachte eine Buchecker wäre auf mein Hemd gefallen und döste weiter. Nach wenigen Sekunden zupfte es am anderen Arm.

Ich öffnete die Augen und untersuchte zuerst den einen und dann den anderen Hemdsärmel. Aber weder etwas vom Baum noch irgendein Ungeziefer waren zu finden. Ich kniete mich auf die Bank und schaute hinter die Rückenlehne.

Nichts.

Verwundert schüttelte ich den Kopf, nahm das Buch zur Hand und wollte das Kapitel zu Ende lesen, um mich dann auf den Heimweg zu machen. Aber ich kam gar nicht zum Lesen, denn kaum hatte ich die Stelle im Buch gefunden, an der ich zu lesen aufgehört hatte, zupfte mich erneut etwas. Diesmal am Rücken.

Ich sprang auf und drehte mich blitzschnell um. Nichts.

Nun wurde mir die Sache unheimlich. Gut, man hat manchmal so Muskelzuckungen, die sich dann anfühlen als sei es eine Berührung von außen. Aber dies hier war anders.

Irritiert, und ich gebe zu auch etwas verängstigt, klemmte ich mir mein Buch unter den Arm und sah mich um, ob irgendetwas Brauchbares in der Nähe lag, um mich damit zu verteidigen. - Ein Stock oder so.

Ich fand nichts und wollte mich eilig davon machen, als mich etwas am Hosenbein festhielt.

Ich erstarrte vor Schreck und rührte mich nicht.

„Warum willst Du weg?" hörte ich eine Mädchenstimme fragen.

Keinen Ton brachte ich heraus, so hatte es vor Angst und Schrecken meine Kehle zugeschnürt.

„Ach so, Du siehst mich ja nicht. Warte!"

Die Stimme klang freundlich, sogar ein wenig besorgt. Sie kam aus der Richtung hinter mir und ich traute mich den Kopf ein wenig nach hinten zu drehen.

Und da sah ich sie. Ein zierliches kleines Mädchen von vielleicht acht Jahren. Sie saß genau an der Stelle auf der Bank, von der ich gerade aufgestanden war.

Ein blondes Mädchen in einem rot geblümten Kleidchen, mit roten Kniestrümpfen in roten glänzenden Lackschuhen. Das Kleid hatte vorne eine große aufgenähte Tasche aus rotem Stoff. Zwei einfache Metallspangen sollten wohl ihre mittellangen dünnen Haare ordnen, was aber nicht so richtig erfolgreich aussah.

Meine Beine drohten vor Aufregung nachzugeben und ich setzte ich mich vorsichtig auf das äußerste Ende der Bank.

„Ich wollte Dich nicht erschrecken. Ich hatte nur nicht daran gedacht, dass Du mich nicht sehen kannst. Entschuldigung."
Sie strich sich eine Haarsträhne aus dem Gesicht und lächelte mich erwartungsvoll an.
Ich muss ziemlich dumm auf das kleine Mädchen gestarrt haben, denn aus ihrem Lächeln wurde ein helles klares Lachen.
Das war so ansteckend, dass ich ebenfalls grinsen musste und dadurch meine Sprache wiederfand.
„Warum konnte ich Dich denn nicht sehen?" fragte ich mit zittriger Stimme.
„Weil ich nicht in mir war." sagte sie schlicht.
„Wie bitte? - Du warst nicht in Dir?"
„Ja."
„Wie meinst Du das: ich war nicht in mir?"
„Naja, ich war unterwegs. Weißt Du, ich kann Dir das nicht richtig erklären. Aber ich zeig es Dir mal."
Das Mädchen setzte sich gerade hin, legte den Kopf auf die Rückenlehne der Bank und schloss die Augen.
Es sah aus als schliefe sie. Plötzlich – ich schwöre es bei allem was mir heilig ist – lagen neben mir auf der Bank nur noch das Kleid, die roten Kniestrümpfe und die kleinen Lackschuhe standen davor. Der Körper des Mädchens war verschwunden.
Ich rieb mir die Augen und fasste dann vorsichtig das Kleid an. Ich fühlte den Stoff, aber der Ärmel war leer. Ich konnte den Stoff so zusammendrücken. Der Körper des Mädchens, das noch gerade neben mir gesessen hatte, war verschwunden.
Einfach so weg.
Und dann erklang ihre Stimme ganz nahe an meinem Ohr.

„Weißt Du jetzt, was ich meine?"
Ich war unfähig zu antworten und drehte mich in die Richtung, aus der sie mich angesprochen hatte. Aber nichts war zu sehen.
„Hier bin ich wieder. Komisch nicht?"
Ich zuckte herum und sah sie wieder neben mir sitzen im rot geblümten Kleidchen, mit roten Kniestrümpfen und mit den glänzenden Lackschuhen an den Füßen herum schlenkern.
Das war ganz unglaublich.
Ach was, unheimlich! - Verrückt! - Hexerei!
„Ich fass es nicht!" murmelte ich und starrte sie entgeistert an.
„Du darfst Dich nicht so aufregen." sagte sie leise „Ich verstehe es ja auch nicht. Es funktioniert einfach. Willst Du wissen, wie ich darauf gekommen bin?"
Ich nickte stumm mit dem Kopf.
„Also, es ist so. Wenn ich Geburtstag habe, dann darf ich mir etwas ganz Großes wünschen. Und manchmal bekomme ich es und manchmal aber auch nicht."
Sie strich sich eine Haarsträhne aus dem Gesicht bevor sie weitersprach.
„Im letzten Jahr hatte ich mir einen Fotoapparat gewünscht. Weißt Du, so einen, wo man sich die Aufnahmen auf einem Computer ansehen kann und die Bilder dann speichert oder auch wieder löscht. Fotografieren finde ich ganz toll."
Geschickt klemmte sie sich die widerspenstige Haarsträhne mit einer der beiden Haarspangen fest.
„Ich wartete in meinem Zimmer ganz gespannt darauf, dass Papa mich abholen und zum Geburtstagstisch führen würde. Das macht er in jedem Jahr so. Ich konnte es vor

Spannung gar nicht mehr aushalten und machte ein paar Übungen aus dem Ballettunterricht, um mich abzulenken. Davon wurde ich müde, und setzte mich vor das Bett auf den Fußboden. Ich legte meinen Kopf auf die Kante, schloss die Augen und dachte ganz fest daran zum Geburtstagstisch zu kommen."

Sie legte eine kleine Verschnaufpause ein. Vielleicht um sich besser zu erinnern.

„Du darfst keinen anderen Gedanken mehr im Kopf haben. Nur denken, dass Du die Geschenke sehen willst. Und dann merkte ich, wie das Nachthemd von mir abfiel und ich plötzlich im Wohnzimmer stand vor den Geschenken. Ich sah den Fotoapparat, einen Malkasten, zwei Bücher und Papa, der die Kerzen anzündete."

Hier unterbrach sie die Erzählung und schaute mich prüfend an. Sie wollte sehen, ob ich die Geschichte glaubte.

„Ich war ganz cool." fuhr sie fort „und als Papa sich auf den Weg machte, um mich zu holen, wünschte ich mir einfach vor ihm in meinem Zimmer zu sein. Ich spürte plötzlich das Nachthemd wieder und hörte wie er leise und vorsichtig an meine Tür klopfte. Als Papa eintrat lief ich ihm entgegen, und wir gingen zusammen ins Wohnzimmer. – Das war das erste Mal, dass ich nicht in mir war."

„Das ist ja unfassbar. – Du denkst einfach, Du willst woanders sein und dann bist Du dort?"

„Na ja, es funktioniert nur, wenn ich meinen Kopf nach hinten in den Nacken lege, meine Augen schließe und ganz, ganz fest daran denke. Deshalb dachte ich ja, dass Du es auch kannst, als ich Dich auf der Bank so sitzen sah."

Sie sah mich streng an, so dass kleine steile Falten zwischen ihren Augen entstanden und sagte.

„Ich habe es sonst noch niemanden erzählt. Du darfst es nicht weitersagen, auch wenn Du es könntest. – Versprochen?"

„Ja ... natürlich ... versprochen ..." stotterte ich.

Eine Weile saßen wir schweigend nebeneinander auf der Bank. Sie schlenkerte mit ihren Füßen in den roten glänzenden Lackschuhen unbekümmert hin und her, und ich versuchte irgendeinen klaren Gedanken zu fassen.

Ob sie vielleicht von einem anderen Planeten kommt? Wie kann es sein, dass ein Körper aus Fleisch und Blut, nur durch die Kraft eigener Gedanken, sich ins Unsichtbare auflöst, an einem beliebigen Ort erscheint und dann wieder durch eigene Gedankenkraft zurückfindet?

Ich war völlig durcheinander und konnte das alles nicht verstehen.

Das Mädchen schien an all dem nichts Ungewöhnliches zu finden. Sie summte leise ein bekanntes Kinderlied und Ihre Augen suchten unentwegt die Lichtung ab.

Plötzlich unterbrach sie das Summen.

„Da! Da bewegt sich was!" Aufgeregt stieß sie mich mit dem rechten Ellenbogen an und fummelte mit der linken Hand einen kleinen Fotoapparat aus der aufgesetzten Tasche.

Sie hielt den Apparat vor ihr Gesicht und betrachtete das Display.

Jetzt sah auch ich, dass sich in der Nähe des Teiches die Binsen bewegten. Das kleine Mädchen drückte immer wieder auf den Auslöser, obwohl kein Tier zu sehen war und man das Wackeln der Binsen ja nicht auf einer Fotografie erkennen kann.

„Vielleicht ist es eine Bisamratte." flüsterte ich.

Aber sie beachtete mich gar nicht, sondern sah sich bereits die gerade gemachten Aufnahmen an. Ganz konzentriert, Bild für Bild.

„Hier." Sie hielt mir den Fotoapparat vor die Nase.

Auf dem Bild konnte man unschwer eine Entenmutter mit zwei Küken erkennen, die hintereinander durch die Binsen zum Wasser marschierten.

„Da staunst Du, nicht?" freute sie sich.

Tatsächlich, der Fotoapparat musste über ein besonders starkes Teleobjektiv verfügen oder ich hatte es schon wieder mit einer ihrer unglaublichen Fähigkeiten zu tun. Jedenfalls hatte ich mit meinen eigenen Augen keine Enten erkennen können.

So langsam wunderte ich mich aber über gar nichts mehr und fand allmählich auch meine innere Ruhe wieder.

„Sag mal, wie heißt Du eigentlich?" fragte ich das Mädchen.

„Carla. Und Du?"

Ich zögerte einen Augenblick und sagte dann.

„Sag einfach Jacob zu mir."

„Und was machst Du hier im Wald, Jacob?"

„Naja, ich komme hier öfter her und lese in einem Buch oder schaue einfach so in die Gegend oder in den Himmel.

– Und Du? Wie kommst Du hier her?"

„Ich wohne da vorn in dem weißen Haus", sie zeigte zum Waldrand hin, wo man aber von hier aus kein Haus sehen konnte.

„Ich spiele hier öfter. Und manchmal komme ich nur her, um zu fotografieren. – Soll ich mal ein Bild von Dir machen?"

Schon hatte sie den Fotoapparat auf mich gerichtet und

knipste munter los.

„Ich habe Dich noch nie gesehen, obwohl ich häufig hier bin und auch ganz in der Nähe wohne.", lenkte ich ab.

„Hm, ich Dich auch nicht." Sie drückte noch zweimal auf den Auslöser und verstaute dann den Fotoapparat in der aufgenähten Tasche ohne sich die Aufnahmen anzusehen.

„Und Du hast es sonst noch keinem Menschen erzählt, dass Du Dich einfach wegwünschen kannst?" wollte ich wissen.

Sie schüttelte den Kopf und schaute zu Boden. „Wenn ich es Papa sage, dann weiß der doch, dass ich ihn an meinem Geburtstag angelogen habe. Ich habe doch so getan, als wüsste ich nicht was ich für Geschenke kriege." Das schien sie zu bedrücken, denn ihre Stimme klang etwas traurig.

„Hast Du denn keine Freundin?" fragte ich erstaunt.

„Nö…"

„Und warum hast Du es mir erzählt?"

Sie sah mich verwundert an. „Du bist doch schon alt." Womit das kleine Mädchen zweifellos recht hatte. Aber verstehen konnte ich es nicht.

Es sei denn, mein Gott, ich wagte den Gedanken kaum zu Ende zu denken, es sei denn, dass ich nicht mehr lange leben würde, um ihr Geheimnis weiter zu sagen.

Vielleicht konnte sie in die Zukunft sehen.

Obwohl die Sonne jetzt hinter den Bäumen verschwunden war, wurde mir plötzlich ganz heiß und ich wischte meine feuchten Handflächen an der Hose ab.

Was hatte sie vorhin zu mir gesagt? Ich dürfe es nie weitersagen, auch wenn ich es könnte. Auch wenn ich es könnte!

Vielleicht kann ich es schon bald nicht mehr. Vielleich kam sie doch von einem anderen Planeten und wusste wann ich sterben würde.

Ich merkte wie meine Hände zu zittern anfingen und fühlte mein Herz wie rasend in der Kehle klopfen.

„Dürfen denn nur alte Menschen Dein Geheimnis wissen?" fragte ich krächzend.

Sie antwortete nicht. Die Hände hinter dem Kopf verschränkt, blinzelte sie mit halb geschlossenen Augen in den Abendhimmel.

„Carla", versuchte ich zaghaft die Frage anders anzugehen „sind denn auch schon mal Dinge passiert, die Du – na, wie soll ich sagen - vorausgeahnt oder gedacht hast?"

Sie drehte den Kopf zu mir und lächelte mich amüsiert an.

„Nee. Das geht doch gar nicht. Dann müsste ich ja Wahrsagerin sein. Papa und ich haben mal eine Wahrsagerin auf dem Jahrmarkt gesehen. Die konnte das."

Sie wendete sich wieder dem Abendhimmel zu.

„Aber warum erzählst Du **mir** denn Dein Geheimnis?"

„Das habe ich doch schon gesagt, Jacob. Weil Du alt bist."

„Ja und?"

„Papa hat gesagt, nur alte Menschen verstehen alles was auf der Welt passiert."

Ich atmete tief und erleichtert durch. Mein Herz fand seinen gewohnten Platz und Rhythmus wieder, was mir meine innere Sicherheit zurückbrachte.

Carla schien von meinen Todesängsten nichts mitbekommen zu haben. Sie hielt weiterhin die Hände hinter ihrem Kopf verschränkt und blinzelte mit halb geschlossenen Augen in den Himmel.

Ich verfiel ebenfalls in Schweigen.

Dann fiel mir plötzlich die Situation von vorhin ein. Ich hätte schwören können, dass keine Entenmutter mit ihren Küken dort am Teichrand gewesen ist. Trotzdem hatte

Carla mir das Foto gezeigt, auf dem die Enten zu sehen waren.

„Sag mal, Carla, wie kommt es eigentlich, dass ich die Ente mit Ihren zwei Küken vorhin nicht gesehen habe, die Du fotografiert hast?"

Carla richtete sich auf, sah mich mit ihren grünen Augen, in denen der Schalk nur so blitzte kurz an, schlug beide Hände vor ihr Gesicht, beugte den Kopf runter auf ihren Schoß und kriegte einen Lachkrampf. Ihr Prusten und lautes Luftholen hörten sich an, als würde sie gleich ersticken. Endlich nahm sie die Hände vom Gesicht, das von den Lachtränen nass glänzte, schaute mich mit ihren feuchten Augen triumphierend an und holte den Fotoapparat aus der aufgesetzten Tasche.

Nach kurzem Suchen hielt sie mir wieder das Display unter die Nase und drückte mir den Apparat in die Hand.

Ich sah das gleiche Foto wie vorhin. Gerade wollte ich es ihr zurückgeben, als mir etwas auffiel. Die Schatten der Bäume sahen anders aus. Sie waren viel kürzer. Außerdem zeigten sie in eine andere Richtung als jetzt.

Carla beobachtete mich gespannt. Als sie merkte, dass ich erkannt hatte, dass es gar kein Bild von vorhin, sondern zu einer anderen Zeit fotografiert worden war, fing sie wieder an zu lachen.

Ich konnte nicht anders, ich musste mitlachen. Es war ein befreiendes Lachen und plötzlich hatte ich das Gefühl, als sei Carla gar nicht mehr fremd für mich, als würden wir uns schon lange kennen.

Eine große Zuneigung zu diesem kleinen zierlichen Mädchen erfasste mich, das mich so charmant reingelegt hatte. Ich versuchte noch meine Gedanken zu ordnen, als sie unvermittelt aufsprang.

„Jetzt muss ich nach Hause. Wollen wir uns morgen wieder treffen, Jacob?"

„Ja, gern. So um die gleiche Zeit wie heute?"

„Hm."

Sie nahm wie selbstverständlich meine Hand und wir gingen zusammen bis zur Wegegabelung durch den Wald.

Dann sagte sie, dass ich ihr nicht folgen dürfe und lief schnell den linken Weg hinunter.

Ich wandte mich nach rechts und setzte nachdenklich meinen Heimweg fort.

Am nächsten Tag saß sie schon auf der Bank bevor ich ankam und begrüßte mich mit einer Herzlichkeit, die mich richtig verlegen machte.

Ich erfuhr an diesem Nachmittag eine ganze Menge über Carla. Zum Beispiel, dass sie mit ihrem Vater allein in einem großen weißen Haus lebt, dass sie schon richtig lesen kann und dass sie immer nur rote Sachen trägt. Rot sei ihre Lieblingsfarbe.

Während Carla suchend umher lief und Käfer fotografierte, blieb ich auf der Bank sitzen und hatte meine Freude an dem kleinen aufgeweckten Mädchen. Ich gewöhnte mich sogar daran, dass sie manchmal ganz unerwartet einfach verschwand. Sie wolle zu Hause etwas nachsehen, sagte sie dann zu mir und ich solle solange auf ihre Klamotten aufpassen.

Irgendwann setzte sie sich mal wieder zu mir und blitzte mich mit ihren Schalkaugen an.

„Weist Du, wo ich gestern Abend war?"

„Na, ich hoffe doch wohl im Bett und hast geschlafen."

„Ich war bei meiner Tante in Amerika." Sie genoss sichtlich mein Erstaunen.

„Papa hat erzählt, dass sie krank ist und da wollte ich mal

sehen, ob sie schlimm krank ist."

Ich tippte sanft mit meinem Zeigefinger an ihre Schläfe.

„Und dann bist Du mal ebenso nach Amerika. Hast ‚Hallo, Tante' gesagt und bist wieder abgehauen. Ich weiß nicht, Carla, ich glaube Du willst mich jetzt verkohlen."

„Nein, wirklich. Ich habe richtig vor ihrem Bett gestanden und gesehen, dass sie schlief."

Ich sagte eine Weile nichts und dachte darüber nach, was Carla gerade erzählt hatte.

„Dann funktioniert es ja auch über riesengroße Entfernungen, Dein Wegdenken. Das ist ja wirklich unglaublich, Carla."

Und dann kam mir ein ganz verrückter Gedanke in den Kopf.

„Sag mal, Carla, hast Du schon mal versucht Dich auf einen anderen Planeten zu denken?"

„Was sind Planeten?"

„Die Erde ist zum Beispiel ein Planet. Planeten bewegen sich um die Sonne auf ganz bestimmten Bahnen. Neben der Erde gibt es noch sieben weitere Planeten in unserem Sonnensystem und man kann die meisten mit bloßem Auge als leuchtende Sterne am Himmel sehen."

Carla hörte mir interessiert zu.

„Das geht nicht mit so einem Planeten." sagte sie dann „Ich kann nur dahin, wo ich schon mal gewesen bin."

„Hm, warst Du denn schon mal in Amerika bei Deiner Tante?"

„Ja, mit Papa in den großen Ferien."

„Du kannst Dich also nur an einen Ort denken, den Du kennst?" fragte ich nach.

Sie nickte.

Eigentlich war das ganz logisch, denn wie sollte sie an etwas denken, was sie nicht kennt, was sie noch nie gesehen hat.

Dann kam mir eine Idee.

Ich nahm aus meiner Brieftasche zwei Fotos. Auf dem einen war das Segelboot meines Freundes zu sehen, das in einem Jachthafen an der Ostsee liegt und das andere zeigte das Innere einer kleinen Friedhofskapelle. Beide Motive hatte ich selber fotografiert.

„Was meinst Du, Carla, wenn Du das Foto nimmst, auf dem Du ein Schiff mit dieser außergewöhnlichen Bordwandbemalung siehst, meinst Du, dass Du Dich dahin denken kannst?"

Sie betrachtete aufmerksam, die mit einem riesigen Haifisch bemalte Bordwand. Das Haifischmaul war weit aufgerissen und die vielen spitzen Zähne sahen furchterregend aus. Mein Freund verursachte in jedem Hafen großes Aufsehen mit dieser Bemalung.

„Was ist das für ein Fisch?" Sie zeigte mit dem Finger auf den Hai.

„Ein Haifisch. Ein riesengroßer Raubfisch, den es bei uns in der Nord- oder Ostsee nicht gibt."

„Hm." Sie dachte mit gerunzelter Stirn nach.

„Soll ich es mal versuchen?" fragte sie dann unsicher.

„Wenn Du magst, Carla. – Und sollte es klappen, dann sieh Dir die andere Schiffsseite an und erzähl mir nachher, was Du gesehen hast, okay?"

Sie nickte wieder und starrte eine ganze Zeit auf das Bild. Dann setzte sie sich gerade hin, beugte den Kopf nach hinten und schloss die Augen.

Ich wartete gespannt. Plötzlich lagen wieder nur das Kleidchen, die roten Kniestrümpfe und ihre Schuhe neben mir.

Carla war verschwunden.

Die Minuten vergingen, ohne dass Carla wiederauftauchte. Ich fing gerade an mir Sorgen zu machen, da hörte ich ihre Stimme.

„Auf der anderen Seite ist auch so ein Fisch. Ich glaube es ist auf beiden Seiten gleich."

Carla war wieder da, und ich geriet vor Freude und weil das Experiment geklappt hatte, in große Aufregung.

„Toll, Carla" rief ich begeistert als sie wieder neben mir saß.

„Das ist richtig toll. Wollen wir das andere Bild auch versuchen?"

Sie schüttelte den Kopf.

„Ich habe keine Lust mehr. Ich muss jetzt nach Hause."

Sie ergriff meine Hand und zog mich Richtung Heimweg. An der Wegegabelung verabredeten wir uns wieder für den nächsten Tag.

So verbrachte ich die ganze Woche mit Carla nachmittags bei der Lichtung. Dabei wuchs das kleine Mädchen mir immer mehr ans Herz.

Wir machten weitere Experimente und hatten beide großen Spaß daran auszuprobieren, was sie mit dieser unglaublichen Fähigkeit - sich wegzudenken - alles machen konnte.

Carla war ausgesprochen wissbegierig und fragte immer nach, wenn sie etwas nicht verstanden hatte.

Über die Planeten wollte sie besonders viel wissen. Ich erzählte ihr alles, was ich selber darüber wusste. Zum Beispiel, dass andere Planeten auch Monde haben. Manche ganz viele sogar, aber unser Mond im Verhältnis zur Erde der größte ist.

Nun wollte sie alles über unseren Mond wissen, und sie fragte der Kuh das Kalb ab über die erste Mondlandung eines Menschen und ob man längere Zeit auf dem Mond leben könnte und ob man Häuser auf dem Mond bauen könnte und vieles mehr.

Ich beantwortete ihre Fragen soweit es mir möglich war und versprach ihr das nächste Mal Bilder mitzubringen, die von einem Weltraumteleskop fotografiert worden waren. Der nächste Tag war der letzte in diesem Monat und ich werde ihn mein Leben lang nicht vergessen.

Ich hatte Carla ein Bild mitgebracht, das eine vielfache Vergrößerung der Mondoberfläche zeigte.

Auf dem Foto sah man deutlich das Geröll und kleinere Steine am Abhang einer tiefen Schlucht.

Sie hielt es schon eine ganze Weile in ihrer Hand.

Und dann fragte sie mich plötzlich, ob sie versuchen sollte sich auf den Mond zu denken.

Heftig wehrte ich ab.

„Nein, Carla. Auf keinen Fall darfst Du das versuchen."

„Aber Du hast doch selber danach gefragt, Jacob."

„Ja, aber tu es bitte nicht. Es ist zu gefährlich. Keiner weiß, was mit Dir außerhalb der Erdatmosphäre passiert."

„Ach, Jacob, wir haben doch schon so viel ausprobiert und es ist nichts passiert." bettelte sie.

„Nein, Carla, bitte nicht."

„Na gut, dann mach ich es von zu Hause." Sagte es und stand auf, um zu gehen.

Ich fluchte innerlich darüber, dass ich ihr das Bild von der Mondoberfläche überhaupt gezeigt hatte. Aber wenn sie es wirklich wagen würde, dann wäre es natürlich besser von hier aus. Ich könnte auf ihre Sachen aufpassen und sofort sehen, ob sie unversehrt wieder zurückgekommen war.

Meiner Ansicht nach mussten ihre Reisen fast Lichtgeschwindigkeit erreichen, so schnell konnte sie riesige Entfernungen überwinden. Also könnte sie auch vom Mond in verhältnismäßig kurzer Zeit zurück sein.

Ich hielt Carla am Arm fest.

„Gut. Wenn Du es wirklich tun willst, dann versuch es lieber jetzt und von hier."

Sie setzte sich wieder neben mich und gab mir einen Kuss auf die Wange.

„Du musst keine Angst haben, Jacob. Ich erzähl Dir alles, was ich gesehen habe."

Dann nahm sie noch einmal das Bild und starrte eine lange Zeit darauf.

Als sie den Kopf nach hinten legte und die Augen schloss, war mir, als stoße mir jemand ein Messer ins Herz. Ich spürte das Verlangen, sie aus der Konzentrationsphase reißen zu müssen, aber es war bereits zu spät.

Ihr Kleidchen und die Kniestrümpfe lagen schlaff neben mir und die roten Lackschuhe standen vor der Bank.

Carla war nicht mehr in sich, wie sie sich immer ausdrückte.

Ich wartete auf ihre Rückkehr bis zur völligen Dunkelheit. Allergrößte Gewissensbisse plagten mich. Aber alles Bitten zum Allmächtigen half nichts. Carla kam an diesem Abend nicht zurück.

Ich packte unter Tränen ihre Sachen zusammen und machte mich auf den Heimweg.

Zu Hause fiel mir siedend heiß ein, dass sie ja gar nicht aus dem Wald herauskommen könnte, wenn sie ihre Sachen nicht vorfand.

Ich nahm eine starke Taschenlampe und ging zurück zur

Lichtung. - Immer wieder rief ich leise ihren Namen. – Nichts.
Dann legte ich das Kleidchen so auf die Bank, wie ich es
weggenommen hatte und die Kniestrümpfe und Schuhe davor.
Traurig und verzweifelt ging ich zurück.

Am nächsten Morgen war ich beim ersten Tageslicht wieder
bei der Lichtung und setzte mich wartend auf die Bank. Ihre
Sachen lagen unberührt neben mir. Den ganzen Tag hörte und
sah ich nichts von Carla.

Tag für Tag wartete ich so bei der Lichtung auf sie. Nichts. Als
ich nach vierzehn Tagen morgens wieder zur Bank kam,
waren die Sachen von Carla fort.

Ich war erschrocken und erfreut zugleich.

Erschrocken, weil jemand die Sachen einfach geklaut haben
konnte und erfreut, weil es sein konnte, dass Carla tatsächlich
zurückgekommen war.

Ich wusste nicht wie Carla mit vollem Namen hieß oder wo sie
wohnte; genauso wie Carla nichts Näheres über mich wusste
und konnte also keine Nachforschungen anstellen. Schließlich
gab ich die Hoffnung auf, Carla jemals wieder zu sehen.

Ihre fehlenden Sachen waren der einzige Trost für mich.
Konnte ich so doch glauben, dass sie es geschafft hatte und
nach vierzehn Tagen wieder zurückgekehrt war.

Für sie, die sich fast mit Lichtgeschwindigkeit bewegte, wenn
sie sich wegdachte, waren nach der Relativitätstheorie in
diesen zwei Wochen ja nur wenige Minuten vergangen.

Wahrscheinlich hatte sie, als sie wieder in sich war, einfach
ihren Fotoapparat aus der Tasche genommen, ein bisschen

herum fotografiert und war dann fröhlich nach Hause spaziert. - Ja, so könnte es gewesen sein.

So richtig überzeugt bin ich allerdings wohl doch nicht davon, denn besonders bei Vollmond geht mein Blick immer noch suchend zum Himmel, und ich bekomme eine Gänsehaut, wenn ich an all das denke.

Vielleicht aber war sie ja auch gar nicht von hier, sondern von irgendeinem Planeten einer fernen Galaxie, wo man nur rote Sachen anzieht und lebt nun wieder bei ihrem Vater in einem großen weißen Haus.

Für mich jedenfalls bleibt es die merkwürdigste und unglaublichste Geschichte, die ich je erlebt habe.

***

Was wäre, wenn ...?

Meine Frau Franziska – sie wurde von unseren Freunden und mir Franzi genannt - hatte sich unauffällig zurückgezogen, um im Wohnzimmer die Geschenke für die Kinder, für sie selber und für mich unter den Weihnachtsbaum zu legen und die Kerzen anzuzünden.

Ich blieb mit den Kindern im Esszimmer sitzen. Wir aßen selbstgebackene Kekse und Stollen, während wir auf das helle Läuten des Weihnachtsglöckchens warteten.

Wir, das sind unsere 15-jährige Tochter Carla und unser Sohn Jakob. Vor zwei Wochen hatte er das sechste Lebensjahr vollendet. - Ein Nachkömmling.

Franzi würde später mit dem Glöckchen in der Hand, die Wohnzimmertür langsam öffnen, und dann mit uns zusammen das Weihnachtszimmer betreten.

Die Bescherung findet immer recht früh statt, weil ich als Gemeindepfarrer um 16.00 Uhr zum ersten Gottesdienst in der Kirche sein muss.

Auf das ersehnte Geläut des Porzellanglöckchens zu warten, verursachte jedes Jahr so eine Art Lampenfieber in uns allen. Eine nicht unangenehme Spannung.

Jakob verschluckte sich bereits das zweite Mal, weil er Stollenessen, Kakaotrinken und „O du fröhliche" singen alles gleichzeitig bewältigen wollte. Wahrscheinlich hatte er das Gefühl, so die Zeit bis zur Bescherung verkürzen zu können.

Seine Schwester kommentierte das Gewürge mit „Blödmann!" und klopfte ihm so kräftig auf den Rücken, dass er

88

das Gemisch aus Stollenresten und Kakao in weitem Bogen auf die von Franzi handgearbeitete Weihnachtsdecke spuckte. Ich wollte die Stimmung am Heiligen Abend nicht mit Schimpfen verderben und begnügte mich mit einem strafenden Blick auf beide Geschwister.

Wortlos stand ich auf, holte die Haushaltspapierrolle und begann den Schaden vorsichtig zu beheben. Carla half mir dabei, obwohl sie es „voll eklig" fand.

Jakob grabschte sich unbeeindruckt ein neues Stück Stollen.

„Papa," fing er kauend an „Markus hat gesagt, ich soll Dich fragen, was wäre, wenn Maria eine Frühgeburt gehabt hätte?"

Fast wäre mir die Kaffeekanne aus der Hand gefallen.

Jakob ging doch noch in die erste Klasse. - Hatten die etwa schon Sexualkunde?

Unsinn, wahrscheinlich hatte er das tatsächlich von diesem Markus.

Einem langhaarigen Nachbarjungen, gegen dessen pubertäre Flausen ich gerade im Konfirmandenunterricht zu kämpfen hatte. Der hatte sich in letzter Zeit an Jakob regelrecht rangeworfen, sich angeschmeichelt, wahrscheinlich erhoffte er sich Vorteile im Konfirmandenunterricht, wenn er sich mit dem Sohn des Pfarrers anfreundete.

Ich sah Jakob an und sagte: „Warum fragt Markus denn nicht seinen eigenen Vater?

„Weiß nicht" Jakob kaute unbeirrt weiter und schielte dabei zur Wohnzimmertür. Aber das Läuten der Weihnachtsglocke blieb noch aus.

„Ich soll Dich fragen"

Ich lenkte ein. „Na ja, was soll schon sein? Dann würden wir eben den Heiligen Abend nicht am 24 Dezember, sondern vielleicht am 19. oder 20. feiern"

„Und wenn das Baby noch früher geboren wäre?"

„Jakob, was sind denn das für absurde Fragen von Deinem Freund Markus? Dann eben am 17. oder 18.

„Und wenn es noch viel früher geboren wäre? Viele Wochen oder so?"

Das schien jetzt aber wirklich von ihm selber zu kommen.

Hilfesuchend schaute ich Carla an. Aber die quittierte den gynäkologischen Exkurs ihres kleinen Bruders nur mit „Blödmann, jetzt hör doch mal auf, den ganzen Kuchen wegzufressen".

Ich ließ das „wegfressen" in diesem Fall durchgehen, merkte aber wie langsam der Zorn in mir aufstieg.

„Mein Gott, Jakob, was soll denn diese Fragerei? Wenn es noch viel früher geboren worden wäre, dann wäre Jesus wahrscheinlich gar nicht ..." ich stockte.

Auf was für ein Gedankenspiel ließ ich mich denn hier ein? Beinahe hätte ich gesagt, dass ein so früh geborenes Kind wahrscheinlich gar nicht lebensfähig gewesen wäre. Jedenfalls nicht vor über 2000 Jahren.

„Also Schluss jetzt. Sag Deinem naseweisen Freund Markus, dass seine Frage gar nicht interessant ist, denn die Geburt unseres Heilandes war immerhin schon vor 2012 Jahren und Jesus ist als kerngesundes Kind, ganz normal nach neun Monaten auf die Welt gekommen. - Und jetzt hör bitte mit dem Kuchenessen auf, sonst wird Dir noch vor der Bescherung schlecht."

Während ich die benutzten Papiertücher in die Küche trug, angelte sich Jakob einen Keks und bearbeitete ihn mit der Kuchengabel auf seinem Teller. Immer wieder ging sein sehnsüchtiger Blick zur Wohnzimmertür.

„Es dauert bestimmt nicht mehr lange" tröstete ich ihn.

Er hörte auf, den Keks zu zertrümmern und schaute mich mit seinen großen dunkelblauen Augen nachdenklich an.

„Papa, wenn Jesus nun in den Sommerferien geboren wäre, würden wir dann nicht mehr verreisen?"

„Wieso? Was hat denn Verreisen mit Weihnachten zu tun?"

„Du hast doch gesagt, Weihnachten können wir nie verreisen, weil Du in der Kirche sein musst"

„Na ja, das stimmt allerdings."

Die Bestätigung seiner Schlussfolgerung schien ihn zufrieden zu stellen, denn die Kuchengabel in seiner kleinen Faust zerschmetterte erbarmungslos den nächsten Keks.

Ein Stückchen davon flog direkt in Carlas Tasse, dass es nur so spritzte. Jakob hielt sich die linke Hand vor den Mund und prustete vor Lachen los, bevor ihn der Aufschrei „Blödmann!" und eine kräftige Kopfnuss von Carla zum Schweigen brachten.

Blödmann, musste wohl der neue Favorit in Carlas eh schon kargem Wortschatz sein.

„Kinder, jetzt seid bitte friedlich" ermahnte ich und marschierte schon wieder in die Küche, um Papier zum Wegwischen zu holen.

Ich hoffte inständig, dass meine Frau nun bald zur Bescherung läuten würde, damit das angespannte Warten für die Kinder ein Ende hätte, und das besorgniserregende Interesse unseres jüngsten Familienmitgliedes an der Verschiebung des Kirchenjahres durch die Frühgeburt von Gottes Sohn auch.

Aber das Porzellanglöckchen blieb stumm und Jakob zog alle Register, um meine Geduld auf eine harte Probe zu stellen.

Er hob seine Beine an und stützte sich mit den Füßen auf dem Rohrstuhl ab. Ein klarer Verstoß gegen die Hausordnung.

„Papa, der Vater von Markus ist auch Zimmermann. Genau wie Josef. Und Markus sagt, wenn sein Papa vom Richtfest nach Hause kommt, dann brüllt er rum und legt sich auf dem Sofa schlafen. Den ganzen Abend und die ganze Nacht."

Carla knallte ihm ohne Vorwarnung ihre Faust auf die Knie und ließ sich zu einem vollständigen Satz mit Subjekt und Prädikat hinreißen:

„Du nervst, Blödmann!"

Jakob nahm beleidigt die Füße runter und ich überlegte, ob ich nicht noch heute mit Franzi darüber sprechen müsste, wie wir unserem Sohn den Umgang mit Markus ausreden könnten.

„Na ja, Jakob," begann ich vorsichtig „das ist wohl kein gutes Benehmen von Markus' Vater, wenn er sich so gehen lässt im Beisein seiner Familie. Anderseits wird natürlich auf Richtfesten häufig viel Alkohol ausgeschenkt. Und da kann es schon mal vorkommen, dass einer über den Durst getrunken wird. - Können wir aber jetzt vielleicht mal die Familienangelegenheiten von Markus beiseitelassen, und Du konzentrierst Dich auf das Aufsagen Deines Gedichtes?"

Ich wollte nichts Schlechtes über den Mann sagen, weil ich annahm, dass Jakob es seinem Freund weitererzählen würde. So wie er uns von Markus und dessen Familie erzählt.

Aber Jakob ließ nicht locker. Man sah ihm an, wie es in seinem Köpfchen rumorte und sein Problem hatte scheinbar auch nicht direkt mit dem Vater seines Freundes zu tun.

„Papa, was wäre, wenn Josef an dem Tag auch ein Richtfest hatte? Hätte er dann auch gebrüllt und sich auf das Stroh gelegt, um zu schlafen?"

Auf diese Frage hatte ich nicht gleich eine passende Antwort. Ich versuchte etwas Zeit zu gewinnen.

„An welchem Tag?"

Carla, die bislang relativ uninteressiert zugehört und sich mit ihren Fingernägeln beschäftigt hatte, mischte sich nun unerwartet ein.

„Er meint den Weihnachtsabend, Papa. Wenn Josef stinkvoll vom Richtfest in den Stall getorkelt kommt und rumbrüllt, dann wären doch die Hirten sofort wieder abgehauen und die Heiligen drei Könige gleich hinterher, weil sie das auch voll ätzend gefunden hätten. – Überleg doch mal, Papa, wenn ich Maria wäre, hätte ich mir den Kleinen geschnappt und auch die Kurve gekratzt. Nichts mehr mit stiller Nacht, Heilige Nacht. - Man, wär' das ein Scheiß Weihnachten geworden."

Ich zuckte zusammen. - Scheiß Weihnachten! - Und das aus dem Munde einer Pastorentochter!

Jakob schaute seine Schwester voller Anerkennung mit großen Augen an und es entfuhr seinem offenstehenden Mund ein bewunderndes „Cool!"

Mein Gott, wo blieb denn nur das Läuten der Weihnachtsglocke?

„Kinder," ich holte tief Luft um ruhig zu bleiben „ich finde es überhaupt nicht lustig so über die Geburt unseres Herrn zu spekulieren. Es ist schließlich nicht irgendein Ereignis, sondern das Ereignis schlechthin für die gesamte Christenheit. Und ich möchte jetzt nichts mehr davon hören, verstanden?"

Ich hätte sie nicht mit „Kinder" ansprechen dürfen. Psychologisch war das völlig daneben, das war mir sofort klar, als es raus war. Denn nun bildeten sie instinktiv eine Gemeinschaft. Eine Fraktion glaubt sich immer stark.

Und so war es auch. Trotz meines warnenden Blickes fühlte Carla sich zur weiteren Verteidigung ihres kleinen Bruders ermuntert.

Dreist erwiderte sie meinen Blick. Ich meinte sogar den Anflug eines herausfordernden Lächelns zu bemerken.

„Papa, Du hast doch immer gesagt wir sollen ehrlich sein. Und Mama und Du, Ihr würdet voll glücklich sein, wenn wir Kinder mit Phantasie und Kreativität etwas Besonderes aus unserem Leben machen würden."

Sie strahlte mich mit Unschuldsmine an, als hätte sie mir gerade eine Kollekte voller Münzen und Scheine überreicht.

„Na und?" erwiderte ich kurz angebunden.

„Ich finde es cool, wenn wir überlegen, was wäre, wenn alles anders gekommen wäre. Zum Beispiel wenn Maria Zwillinge bekommen hätte oder ..."

„Feiern wir dann zweimal Weihnachten?" fuhr ihr Jakob ins Wort.

„Natürlich nicht, Du Blödmann, Zwillinge haben doch am gleichen Tag Geburtstag."

Enttäuscht wandte Jakob sich wieder den Krümeln auf seinem Teller zu.

Ich fand, dass es jetzt aller höchste Zeit wurde energisch einzugreifen. Das war ich schließlich meiner Profession als evangelischer Pfarrer schuldig. Phantasie hin und Kreativität her, aber alles hat seine Grenzen.

Es war durchaus möglich, dass Carla mit ihrer scheinbar unerschöpflichen Vorstellungsgabe noch anfing zu fragen, was wäre, wenn Maria und Josef beide schwarze Haare hätten und Jesus rothaarig auf die Welt gekommen wäre. Ob sie sich dann im Beisein der Heiligen drei Könige über die Vaterschaft gestritten hätten?

Ich wollte gerade mit meiner Standpauke loslegen, da erschallte aus der sich öffnenden Wohnzimmertür das erlösende zarte Bimmeln einer Meißener Porzellanglocke.

„Halleluja", kam es aus dem tiefsten Inneren meines Herzens.

Meine Frau kam uns entgegen und wir schritten feierlich, alle Vier Hand in Hand , direkt auf den mit brennenden Kerzen, Strohsternen und kunstgewerblichen Handarbeiten geschmückten Weihnachtsbaum zu, unter dem die vielen Geschenke in liebevoll verpackter Umhüllung ihr Geheimnis noch bewahrten.

Mein Zorn war verflogen, aber ich wurde das Gefühl nicht los, dass ich selber noch bis vor wenigen Minuten diesem ‚Konjunktiv im Konditionalgefüge' „was wäre, wenn ..." verfallen war.

Der Gedanke:

„Was wäre, wenn Franzi die Weihnachtsglocke nicht finden würde?" hatte mir doch ziemlich zugesetzt.

**

Crex crex

Unsere Beobachtung, die entweder auf äußere, sinnliche Objekte oder auf innere Bewusstseinsvorgänge gerichtet ist, liefert dem Verstand das Material des Denkens. Diese beiden Quellen der Erkenntnis nennt man Sensation (äußere Wahrnehmung) und Reflexion (innere Wahrnehmung).

Im Auftrage einer Interessengemeinschaft, die sich zusammengefunden hatte, um in Golfplatzanlagen zu investieren, die dann gewinnbringend an Golfclubs vermietet werden sollten, saß ich in dem tristen Saal eines Gasthofes einer kleinen niedersächsischen Gemeinde.

Die hier versammelten Bürger, die meisten davon Eigentümer von Grundstücken, die zu dem Areal gehörten, welches ich ausgesucht hatte um auf etwa einhundertundsieben Hektar landwirtschaftlicher Nutzfläche einen Golfpark einschließlich Club- und Gästehaus entstehen zu lassen, füllten den Saal fast bis auf den letzten Platz.

Sie waren von der Gemeindeverwaltung über die öffentliche Vorstellung der Golfplatzplanung informiert worden und saßen nun mit bis zum unteren Stirnansatz wettergebräunten Gesichtern, klobigen Händen und derben Arbeitsschuhen erwartungsvoll vor Korn und Bier.

Ich hatte eigentlich mit der Vorstellung der Planung nichts zu tun und nahm nur ausnahmsweise an solch einer Veranstaltung teil. Für die Entwurfsplanung war ein junges Architektenteam zuständig, die mit einigem Medienaufwand gekonnt ihre Entwürfe als PowerPoint auf eine große Leinwand produzierten.

In der anschließenden Fragestunde tat sich ein junger Mann hervor, der sich allein schon durch sein Äußeres von der ländlichen Bevölkerung unterschied.

Er trug eine olivgrüne verwaschene Windjacke, eingerissene Jeans und hatte sich ein schwarz-weißes Halstuch umgelegt, was ihm das Aussehen eines palästinensischen Guerillakämpfers verlieh. Das Auffälligste aber waren seine Basedow Augen über einem gewaltigen Seelöwenbart.

Dieser junge Mann stellte immer wieder Fragen zum Natur- und Umweltschutz, was den hier versammelten Bauern aber nur ein mitleidiges Lächeln abrang. Sie kannten solche Diskussionen. Ihr Interesse wurde genau vom Gegenteil bestimmt. Sie wollten nicht mehr wegen der wenig ertragreichen Flächen ständig gegängelt werden, wann und wie viel Gülle sie ausbringen und wann sie mähen durften.

Nach Ende der Veranstaltung waren alle, bis scheinbar auf den Mann mit den Basedow Augen zufrieden. Die Architekten hatten gute Arbeit geleistet, die Eigentümer stimmten dem Verkauf oder einer Verpachtung ihrer Flächen zu, und der Bürgermeister, er war selber Grundstückseigentümer, freute sich nicht nur von Amts wegen auf eine prosperierende Gemeinde.

Der junge Naturschützer mit dem gewaltigen Seelöwenbart verließ kurz vor mir die Gastwirtschaft. Zu meinem großen Erstaunen stieg er in ein Auto der gehobenen Mittelklasse ein, was gut und gerne seine fünfundsechzigtausend Euro wert war. Der Wagen hatte ein Hamburger Kennzeichen und die auffällige Kennzahl fünfhundert.

Für mich war der Auftrag mit der heutigen Zustimmung der Eigentümer erledigt, und ich widmete mich in den drauffolgenden Tagen der nächsten Aufgabe. Es sollte ein Projekt in Bayern, nahe einem kleinen Ort unweit vom Südufer des Chiemsees werden.

Nach etwa drei Wochen hatte ich auch dort etwas Geeignetes gefunden. Die Formalitäten waren noch nicht alle erledigt, da erhielt ich einen Anruf von meinen Auftraggebern.

Zu meinem größten Erstaunen berichtete man mir, dass der NABU und ein örtlicher Naturschutzverein das Genehmigungsverfahren für den Golfpark in der kleinen niedersächsischen Gemeinde gestoppt hätten.

Angeblich habe man einen Wachtelkönig im hohen Gras einer wenig gemähten Wiese ausgemacht. Dieser seltene Vogel mit dem lateinischen Namen Crex crex ist auf der Roten Liste der Brutvögel als stark gefährdet eingestuft. Das Projekt sei höchstwahrscheinlich damit gestorben.

Die Nachricht irritierte mich, weil ich aus leidvoller Erfahrung früherer Projekte, genau diese Problematik mit einem örtlichen Vertreter des BUND besprochen hatte. Mir wurde versichert, dass es bisher keine Beobachtungen von gefährdeten Tier- oder Pflanzenarten auf dem von mir ausgesuchten Gelände gegeben hatte. Im Gegenteil, der BUND sei froh, wenn endlich keine Pestizide mehr durch die Gülle eingebracht würden.

Ich nahm mir vor, die Informationsveranstaltung der Architektengruppe noch abzuwarten und dann nach Norddeutschland zurückzukehren, um der Sache auf den Grund zu gehen.

Acht Tage später war es soweit. Es lief das gleiche Procedere in der kleinen bayerischen Gemeinde ab, wie zuvor in Niedersachsen. Allerdings standen anstelle von Bier und Korn jetzt Maßkrüge auf den Tischen und die Bauern behielten, ähnlich wie amerikanische Filmagenten, die erst alles andere ablegen bevor sie sich von ihrer Kopfbedeckung trennen, größtenteils ihre mit Gamsbart geschmückten Filzhüte auf. Sonst aber war alles wie gehabt.

Da ich an diesem Abend nichts anderes vorhatte, meine Abreise war für den nächsten Tag geplant, nahm auch ich an der Versammlung teil.

Gerade wollten die Architekten nach der Begrüßung des ehrenamtlichen Bürgermeisters mit der PowerPoint loslegen, als die Tür zum Saal aufging und der junge Mann mit den Basedow Augen über dem Seelöwenbart eintrat. Er murmelte ein „Grüß Gott" während er nicht unweit von mir auf einem freien Stuhl Platz nahm. Seine olivgrüne Windjacke hängte er über die Stuhllehne, behielt aber das schwarz-weiße Arafat-Tuch um den Hals geschlungen. Auf der Rückseite seiner Windjacke stand in großen roten Lettern „Keine genmanipolierte Baumwolle! Biofood vom Ökobauern!" Das musste neu sein, sonst wäre es mir schon bei der ersten Begegnung aufgefallen.

Ich war nicht wenig erstaunt und wartete gespannt darauf, ob er sich auch hier in die Diskussion später einmischen würde.

Er tat es mit dem gleichen Eifer und den gleichen Argumenten, was die bayerischen Bauern, die an seiner Aussprache sofort den ‚Preußen' erkannten, zu mürrischen Blicken und „So a Schmarrn" Gemurmel veranlasste.

Sobald der Bürgermeister mit umständlichen Worten mehr als hinreichend auf seine Verdienste bei der Vermittlung der Ländereien an die Investitionsgesellschaft hingewiesen und allen ein „Pfiad eich God" zugerufen hatte, verschwand der Mann mit den Basedow Augen. Ich eilte hinterher und sah ihn gerade noch in den teuren BMW mit dem Hamburger Kennzeichen einsteigen.

Es war schon bemerkenswert, wie sehr sich manche Menschen für ihre ideologischen Ideen engagierten. An dieser Stelle fand ich es allerdings unangebracht, denn Golfplätze erwiesen sich in der Regel umweltverträglicher als überdüngtes Weideland und güllebelastete Maisanbauflächen.

Am nächsten Morgen fuhr ich nachdenklich in den Norden zurück. Es konnte kein Zufall sein, dass der Mann immer dann auftauchte, wenn es um die Belange der Grundstückseigentümer ging.

Der BUND-Mann hatte Zeit für ein Treffen mit mir, und ich fragte ihn, wie es käme, dass der Wachtelkönig plötzlich das Vorhaben „Golfplatz" stoppen konnte.

Die Geschichte sei ganz einfach erzählte er. Kurz nach der Bürgerversammlung sei ein Mann bei ihm aufgetaucht, der glaubhaft versicherte, den Wachtelkönig auf einer der Wiesen gesehen zu haben.

Er, der BUND-Mann, habe sich mit einem bekannten Ornithologen daraufhin am späten Abend in die Nähe der beschriebenen Wiese begeben und nach nicht allzu langem Warten das typische und unverwechselbare *rerrp-rerrp* gehört. Der Ornithologe sei vor Begeisterung fast aus dem Anzug gesprungen, so habe er sich über den revierabgrenzenden Ruf des seltenen Vogels gefreut.

Gesehen haben sie den scheuen Wachtelkönig nicht, aber das Rufen, das nur jetzt in der Brutzeit zu hören ist, sei eindeutig. Die Beiden hatten dann sicherheitshalber noch einen Experten vom NABU hinzugezogen, der mit ihnen zusammen das nächtliche *rerrp-rerrp* zweifelsfrei als Ruf des Crex crex erkannte.

Die Sache nahm ihren erwarteten Verlauf. Der Bauer verpflichtete sich gegen eine Ausgleichszahlung auf eine diesjährige Mahd der Wiesen zu verzichten und das Genehmigungsverfahren für das Golfplatzprojekt wurde per Eilverordnung gestoppt.

Ich fragte den BUND-Mann, ob er mich mit dem Herrn bekannt machen könnte, der ihn auf den Wachtelkönig aufmerksam gemacht hatte. Nein, das könne er nicht, aber er hätte eine Telefonnummer, unter der ich den Betreffenden erreichen würde.

Es war eine Mobilfunknummer, die ich noch am gleichen Tag anrief. Wir verabredeten uns im selben Gasthof, in dem vor vier Wochen die Versammlung stattgefunden hatte.

Eine viertel Stunde nach der ausgemachten Zeit betrat der junge Mann mit den Basedow Augen über dem Seelöwenbart das Lokal und steuerte zielsicher auf meinen Tisch zu.

„Hallo" grüßte er unbefangen und nahm Platz.

Der Mann verströmte den dezenten Duft eines teuren Eau de Toilette, dass mir unbekannt war.

Jedenfalls roch er nicht so, wie er aussah.

„So ein Zufall" bemerkte ich erstaunt.

Er bestellte ein Bier und parlierte munter über das warme Juni Wetter. Nach dem ersten Schluck klebte der ganze

Bierschaum an seinem Seelöwenbart. Er machte keine Anstalten sich den Mund abzuwischen, was ich unappetitlich fand.

Auf meine Frage, wie er denn den Wachtelkönig entdeckt habe, antwortete er.

„Auf einem abendlichen Spaziergang."

Ob er vielleicht auch einen nächtlichen Spaziergang auf dem geplanten Golfgelände in Bayern gemacht hatte oder vorhabe zu machen.

„Das könne schon sein" blieb er eine genaue Antwort auf meine Frage schuldig.

Als ich keine weitere Bemerkung dazu machte, richtete sich sein Blick nachdenklich auf das halb leere Bierglas vor ihm. Dann hob er den Kopf und sah mich lächelnd mit seinen hervorstehenden Augen an.

Ich grinste zurück, weil ich mir gerade überlegte, was passieren würde, wenn ich eins seiner Augen ganz herausziehen und es sofort wieder loslassen würde. Irgendwie hatte ich die Vorstellung es müsse, wie an einem Gummiband gezogen, zurückschnellen.

„Ich werde Ihnen etwas erzählen" flüsterte er über den Tisch gebeugt und schickte als Warnung vorweg:

„Sollten Sie mich linken, würde ich allerdings alles abstreiten."

„Seien Sie unbesorgt" beruhigte ich ihn.

„Es ist kein Zufall, dass wir uns zweimal begegnet sind. Ich bin BWL-Student in Hamburg und beobachte solche Aktionen von Investitionsgemeinschaften, für die Sie arbeiten.

Seit geraumer Zeit folge ich Ihnen. Haben Sie ein Areal gefunden, klappere ich die großen Bauträgergesellschaften in der Umgebung ab und frage nach, ob sie Interesse an Bauland in der Nähe solch einer Golfplatzanlage haben. Sie glauben gar nicht, wie heiß die Jungs auf so etwas sind.

Dann gehe ich zu einem BUND Vertreter und behaupte in einer der Wiesen den Wachtelkönig gesehen zu haben. Ich beschreibe ihm die Stelle und bedaure keine Zeit für einen gemeinsamen Termin zu haben.

Da ich in der Eigentümerversammlung, an der auch immer Vertreter organisierter Naturschutzverbände teilnehmen, schon durch engagiertes Eintreten für den Naturschutz aufgefallen bin, halten die mich für absolut glaubwürdig.

Ich lege mich in der Nacht auf Lauer und wenn die Ornithologen meine Angaben überprüfen, hören sie den Ruf eines Wachtelkönigs so lange sie wollen."

„Stopp" unterbrach ich ihn „wie kommt der Ruf auf Bestellung zustande?"

Er grinste über das ganze Gesicht.

„Ganz einfach. Sie brauchen nur mit den Zinken eines Kamms über eine leere Streichholzschachtel zu streichen. Wenn wirklich einer dieser Vögel in der Nähe sein sollte, bekommen Sie garantiert Antwort, so echt klingt dieses Geräusch. Ein Onkel von mir, der als Jäger häufig im Kaukasus war, hat mir diesen Trick verraten. Wie Sie sehen, klappt er auch."

„Ja und? Was haben Sie davon, wenn die Änderung des Flächennutzungsplanes gestoppt wird?"

Genüsslich trank er sein Bier aus. Den triumphierenden Blick aus den Basedow Augen, mit dem er mich danach ansah, konnte man auch als Vorwurf deuten, weil ich die Antwort nicht selber wusste.

„Ich gehe zu der Bauträgergesellschaft und verhandle mit Ihnen was sie mir zahlen, wenn ich es hinkriege den Planungsstopp aufzuheben. Die Summen sind nicht gering. Sind wir uns einig und wurde mir das Geld cash ausgezahlt, drohe ich beim NABU mit der Enthüllung, dass sich alle ihre Experten von mir haben reinlegen lassen, wenn sie nicht selber bekannt geben, dass hier ein Irrtum vorliegt."

Er strahlte vor Belustigung.

„Morgen werden Sie in der Zeitung lesen, dass wahrscheinlich ein begabter Kolkrabe den Ruf des Wachtelkönigs imitiert hat und der NABU ohne den Crex crex gesehen zu haben von seiner Forderung nach einem Planungsstopp Abstand nimmt. Er verlangt aber, dass die betreffende Wiese sicherheitshalber als Biotop ausgewiesen wird."

„Und was wird mit dem Gelände in der Nähe vom Chiemsee?"

„Abwarten"

Der getrocknete Bierschaum rieselte wie weißer Staub in sein leeres Bierglas als er laut auflachte und die Spitzen des gewaltigen Seelöwenbartes sich dabei, ähnlich dem Flügelschlag eines Vogels, auf und ab bewegten.

Ich bezahlte unsere Getränke und als er draußen in seinen teuren BMW stieg, fragte ich mich, warum ich nicht auch ein BWL-Studium angefangen hatte.

***

Na dann ... war's das wohl.

?

Zeitfracht Medien GmbH
Ferdinand-Jühlke-Straße 7
99095 Erfurt, Deutschland
produktsicherheit@kolibri360.de